U0505396

新历史主义文论
中的"中国"

李缙英　著

上海人民出版社

山东大学文化传播学院出版资助

代序 "西方文论中的中国问题"的多维透视

曾　军

　　"西方文论中的中国问题"作为一个问题的提出，主要建立在两组二元概念（一个是"中国／西方"，一个是"文论／问题"）基础之上，预设了"西方文论对中国问题的理解与阐释""西方文论对中国文论的冲击与影响"以及"中国文论如何更好阐释中国问题""中国文论如何回应西方文论的巨大影响"等诸多问题，并最终指向了"当代中国文论话语体系的建构"这一确立中国文论主体性的问题。但这两组二元概念本身包含着需要进一步厘清的问题："中国问题""中国经验"之类的概念术语如何获得相对明确的学术上的界定？"西方文论中的中国问题"与"发生在中国的中国问题"既有同源性，又有异质性，两者在多大程度上能够形成对话性关系？中国学者如何通过对"西方文论中的中国问题"的自我言说和自我阐释改变"中国问题"作为西方文论的异质性因素和沉默的他者的形态？本文试图针对这些前提性的问题再做一些思考，以期能够深化相关问题的讨论。[1]

一、"中国问题"的两种形态

"西方文论中的中国问题"这一表述也预设了"中国问

1. 围绕"西方文论中的中国问题"的方法论的探讨，笔者已先后撰写了《西方文论对中国经验的阐释及其相关问题》(《中国文学批评》2016 年第 3 期)、《20 世纪西方文论阐释中国问题的三种范式》(《学术研究》2016 年第 10 期)、《20 世纪西方文论知识的中国建构》(《南京社会科学》2016 年第 5 期)、《关于中西文论"对话主义"研究方法的思考》(《南京社会科学》2017 年第 10 期)、《西方左翼思潮中的毛泽东美学》(《文学评论》2018 年第 1 期)、《德里达思考汉字的方法》(《东北师大学报》2018 年第 1 期)等。与"中国问题"相关的表述还有很多，如"中国经验""中国故事""中国模式"等，其内涵和外延也颇多含混之处。这里既包括"中国"如何界定的问题，也包括"问题"自身定性的模糊。对"中国问题"的"中国性"方面已在拙文《西方文论对中国经验的阐释及其相关问题》(《中国文学批评》2016 年第 3 期)中做了辨析。对"问题"的不同尺度的把握将影响到研究范围和领域的确定。这里的"问题"究竟是由中国提出的"(既可能与中国有关，也可能与中国无关的)问题(question)"，还是在中国出现的"(亟待解决的麻烦)问题(problem)"？抑或是比较中性的与中国有关的"(值得深入探讨和研究的)议题(issue)"？或者再宽泛一些，只要包含中国的"因素(factor)"都可算在内？本文无意在此过于咬文嚼字，而是采取相对折中的办法，选择包容性更强的作为"议题(issue)"的问题作为核心概念，一方面涵盖所有与中国有关的值得探讨和研究的学术性问题，既包括那些"亟待解决的麻烦问题(problem)"，也包括与之相反的值得赞赏和总结的成功经验(experience)；另一方面又能相对聚焦和集中，既将那些虽然由中国提出的但可能与中国关系不大的问题(question)排除在外，也不用把注意力过于分散到零散的还未凝聚和提炼为"议题"的那些"因素"(factor)上。

题"以两种基本形态作为西方文论关照和研究的对象：一种是"以理论化形态出现的中国问题"；另一种则是"以非理论化形态出现的中国问题"。

"以理论化形态出现的中国问题"，或者简言之"中国文论""中国理论""中国思想"等，具有与"西方文论""西方理论"和"西方思想"相同或相似的知识形态特征，因而是可以与西方文论进行比较、对话和辩论的理论"他者"。但正是在这一点上，一方面，"理论化形态的中国问题"遭遇了知识合法性上的质疑。2001 年，德里达在与王元化先生的交谈中提出"中国没有哲学"的看法，从而在哲学界一直有过的中国"有思想，无哲学""中国有无哲学""中国哲学合法性"的讨论上火上浇油。[1] 论者还翻出黑格尔质疑中国哲学的旧话，或通过强调中国哲学与西方哲学的相通性来论证"中国有哲学"，或通过对哲学形态多样性的强调来强调"中国虽然没有西方意义上的哲学，但也有中国哲学的独特性"，或者承认"中国没有西方意义上的哲学"，但认为这并不能因此否定中国思想文化的意义和价值，等等。[2] 相似问

---

1. 陆扬：《中国有哲学吗？——德里达在上海》，《文艺报》2001 年 12 月 4 日。
2. 李宗桂的《驳"中国无哲学"论》(《四川师范大学学报》1988 年第 3 期)、何中华的《中国有没有"哲学"？——一个涉及文化比较的方法问题》(《山东社会科学》2002 年第 4 期)、夏国军的《中国到底有无哲学》(《哲学研究》2003 年第 8 期)、张允熠的《哲学的困境和黑格尔的幽灵——关于"中国无哲学"的反思》(《文史哲》2005 年第 3 期)、赵敦华的《向黑格尔学习如何做中国哲学——古代中国无哲学"魔咒的解魅》(《北京大学学报》2010 年第 5 期)等。

题在文论领域中同样存在。"中国古代文论的现代转换"的逻辑前提即是中西文论之间无论是在概念范畴,还是在思想体系方面存在巨大的差异;中国古代文论迫切需要能够按照西方现代文论的方式进行学术思想的转换,以获得新的理解和阐发。另一方面,也并非所有的"以理论化形态出现的中国问题"都获得了西方文论的同等对待。中国的学术思想源远流长,从诸子百家到经史子集,文献典籍可谓浩如烟海,但是真正获得西方学术界广泛关注的并不多,无外乎孔孟老庄、周易禅宗,这就使得西方文论对理论化的中国问题的认知存在明显的"窄化"特点,相应地也导致其对中国传统文化的理解形成某些简单化的关于"文化中国"的刻板印象。同样地,现代中国也经历了非常复杂的从"洋务运动"到"五四新文化运动"、从"旧民主主义革命"到"新民主主义革命"、从社会主义革命到社会主义建设的转换,但真正对西方造成深远影响的却只有"毛泽东思想"。

"以非理论化形态出现的中国问题",即我们经常所说的"中国经验""中国现实""中国实践"等。它们或者没有被理论化或没有被完全理论化,因而无法自我命名或自我言说;或者虽然已经形成了理论化的知识形态,但西方学者在理解和接受的过程中并没有将已有的理论化的知识与其所认识的经验事实相匹配,因而出现"中国经验"与"中国理论"被有意无意剥离的现象。当西方文论以这些经验形态呈现的中国问题作为对象进行理解和阐释的时候，同时也就在或多或少地进行着理论化（即"西方文论对中国经验的阐释"）的过程。于是，便会出现两种我们不得不面对的现象：

一种是尚未被理论化或未完成被理论化的中国经验被西方理论进行了阐释，并获得了命名。如著名的"李约瑟难题"即是一个建立在对中国科学技术发展史的全面系统梳理基础之上，由西方学者所提出的理论问题。继"尽管中国古代对人类科技发展做出了很多重要贡献，但为什么科学和工业革命没有在近代的中国发生？"这个问题之后，相继衍生出"中国近代科学为什么落后了？""为何科学发生在西方社会？"等问题，与之类似的还有"为什么我们的学校总是培养不出杰出的人才？"的"钱学森之问"。还有诸如马克思的"亚细亚生产方式"理论以及魏特夫的"东方专制主义"也成为西方理解中国的传统社会和政治制度的重要理论等。中国学者如何应对这些经由西方理论所提出的对于经验形态的中国问题的理论化阐释，是否有可能提出对相关理论的修正、完善、改写，甚至是颠覆性的全新阐释框架？这就成为中国学者在应对由西方理论命名中国问题时不得不解决的问题。

另一种则是中国虽然形成了比较成熟并自洽的"中国理论"，但西方学者在对相应的中国经验和中国现实的阐释中，并没有采用中国的理论范式，而是从西方学者自己的理论背景和问题意识出发，形成了有别于中国理论的新的理解。比如说，中国的汉字源远流长，由此形成的中国文字学理论也是博大精深，不仅形成以"文字学""音韵学"和"训诂学"为分支的"小学"体系，而且在漫长的汉字演化中还形成"远古""上古""中古""近古"的不同时期的分野。法国后结构主义运动中，德里达、拉康、克里斯蒂娃等众多学者对中国的汉字产生了浓厚兴趣，但是他们对汉字的理解并不是在中国的文字学理论框架内展开系统性认知的。他们更多的是在印欧语系的"语音中心主义"的理论范式中通过差异性的比较来形成对汉字的基本认识的。虽然这些学者也试图学习汉语，但大多浅尝辄止。他们或者借助法国汉学家的翻译介绍（如戴密微和程抱一就曾帮助拉康研读过中国的古代经典），或者在汉字解读方面望文生义（如拉康在其研讨班中曾多次解读过中国的汉字；索莱尔斯也曾在其小说《数》中将对汉字的图解作为小说的结构性因素），即便是克里斯蒂娃曾经专门研究过汉字，但所凭借的资料也大多来自汉学家介绍的二手文献（如她于1969年出版的《语言，这个未知的世界》）。再比如对中国诗词书画戏曲等中国传统艺术的接受，无论是庞德受中国诗歌的启发发展出来的"意象主义"，还是本雅明对中国书法的"笔迹学"解读，抑或布莱希特用"姿态美学"来理解梅兰芳的表演，西方学者真正感兴趣的不是以知识论的方式来客观认

识中国文化，而是以认识论的方式将中国文化进行理论化
阐释。

二、西方文论与中国问题之间的两种关系

从西方文论与中国问题两者的关系角度，成为西方文论
中的中国问题还可以分成两种类型。一种是"内在于西方文论
中的中国问题"，另一种是"外在于西方文论中的中国问题"。

所谓"内在于西方文论中的中国问题"，是指西方文论
家在研究与中国有关的问题时，不是将中国问题作为一个独
立的研究对象来看待，而是将中国问题纳入自己的理论框
架，放在全球和世界的整体之中来考查。换言之，是将中国
问题作为世界问题中的一部分来看待的（当然西方学者在
对"世界问题"的认识中存在着诸如将"美国化等同于全球
化"的"西方中心主义"的倾向）。如黑格尔的《哲学史讲
演录》对中国哲学的处理是放在"导言"之后和"第一"之
前的奇特位置。黑格尔还特别声明："东方哲学本不属于我
们现在所讲的题材和范围之内；我们只是附带先提到它一
下。……我们所叫做东方哲学的，更适当地说，是一种一
般东方人的宗教思想方式——一种宗教的世界观。"[1] 被视为

1.［德］黑格尔：《哲学史讲演录（第一卷）》，北京大学哲学系外国哲学史教
　研室译，北京：生活·读书·新知三联书店1956年版，第115页。

"东方哲学"的包括"中国哲学"(孔子、易经哲学和道家)和"印度哲学"。再比如布洛赫的皇皇巨著《希望的原理》以犹太教预言家的姿态将"世界过程"纳入马克思主义,并在其思想体系的最后部分(即"第五部分(认同)——满足时刻的希望意象")中的第53章的第二部分集中探讨了他所理解的孔子和老子的"道"的思想。在孔子的"天地平衡"之道和老子的"隐性的世界韵律"之道之间,布洛赫表达了更倾向于孔子之道的想法,体现出布洛赫基于弥赛亚主义世俗化的一种"道"的选择。众所周知的德里达的《论文字学》也是通过引入"汉字"这一有别于表音文字的文字系统来实现对"语音中心主义"的解构。

所谓"外在于西方文论中的中国问题"是指,运用已经形成的基于西方思想文化土壤而形成的理论范式来分析和理解中国问题。在这一阐释过程中,中国问题不是作为西方理论在形成过程中的思想资源和佐证材料,而只是作为西方理论的批评实践和理论印证。我们经常说的西方文论对中国经验的削足适履,即是指这种情况。如本雅明在评论卡夫卡的小说《中国长城建造时》时其实对小说中虚构的中国皇帝修万里长城并无多少了解,因此本雅明的策略就是将他对卡夫卡《城堡》等作品所形成的关于K的印象想象成罗森茨维格在《赎救之星》中所描绘的"无面目的中国人"形象;詹明信在《后现代主义与文化理论》出于在中国教学的需要,以《聊斋志异》中的"鸲鹆"为例演示了格雷马斯语义方阵的批评实践，采取的是割裂小说的创作意图和思想文化传统的纯粹的文本分析策略。在萨义德的"东方主义"和各种后殖民主义理论成为西方文学批评的理论方法之后，中国导演张艺谋的作品也成为西方文化研究特别青睐的分析对象。这些对中国文学艺术作品的批评和解剖在很大程度上只是西方文论检验理论方法有效性的对象；西方文论也并不将之作为解决中国思想文化问题的手段。

　　当然在历史发展过程中，西方文论中的中国问题也不是一成不变的，也有一个"由内而外"的"外在化"或"由外而内"的"内在化"的动态变化的过程。如对于"毛泽东思想"，20 世纪 60 年代的法国首先是以一种内在性需要出发的主动接纳，但随着五月风暴的退潮，"毛泽东思想"也逐渐淡出一部分法国学者的视野，体现为一种刻意的疏离。1974 年《原样》杂志的中国行之后，罗兰·巴特得出了"在某种意义上，我们只带回（除政治的答复外）：空无（rien）"的结论。[1] 华裔作家赛珍珠本来最初是作为后殖民主义问题之一引起讨论的。但随着海外汉学与中国本土文学研究学界的交流日益密切，"华文语际文学"这个试图将全球各地的华语文囊括在内的新领域生长出来，进而对中国的

---

1. Roland Barthes, *Alors, la Chine*, Paris: Éditions duSeuil, 1975, p.8.

"华文文学""新移民文学"的研究产生重要影响，形成一个"由内而外"的"外在化"的发展。而弗朗索瓦·于连（朱利安）虽然一直以中国哲学、美学和艺术作为自己的研究对象，但从不以"汉学家"自居，而是更强调自己作为"（西方）哲学家"的身份，强调自己关注中国并不是要解决中国问题，而是采取"迂回与进入"的策略，是"经由中国，从外部反思欧洲"的"远西对话"。[1] 这也是一个典型的"由外而内"的"内在化"过程。

三、"西方文论中的中国问题"的三类研究主体

再进一步来说，不同的学术主体面对同一研究对象时也会形成不同的问题意识。与"西方文论中的中国问题"相关的研究主体可以分为三类。

一类是西方文论家。他们的学术研究绝大多数是从西方自身问题出发或者是以他们所研究的普遍性的世界问题着眼的。在这一研究过程中，中国问题只是在他们觉得需要的时候，才被纳入自己的研究范围。因此，对于西方文论家而言，中国问题是以一种异质性的文化因素，以文化"他者"的形象存在的。

1.［法］弗朗索瓦·于连、狄艾里·马尔塞斯：《（经由中国）从外部反思欧洲——远西对话》，张放译，郑州：大象出版社 2005 年版。

一方面，"异"作为文学经验的异质性因素，本身就构成了西方文论经验的组成部分。笔者在界定"中国经验"时曾特别强调"中国经验的混杂性"，即在全球化时代没有纯而又纯的中国性的经验，其中也包含着来自中国之外的异质性文化的渗透和影响。[1] 这一逻辑同样也适用于"西方经验"。随着中国自身的全球化进程和影响力的提升，西方学术也越来越多地把目光转向了中国，并且将中国纳入全球化和世界主义的框架内展开讨论。这也是"西方文论中的中国问题"变得越来越重要的原因。因此，从"西方学者眼中的'西方文论的中国问题'"的角度来看，我们需要探讨"西方文论中的中国问题"之于西方学者的学术研究和知识生产的意义问题。首先，我们可以探讨，作为"异"的中国问题，是如何成为西方文论家发现并确立"自我"具有极为重要的文化镜像的？西方文论家确立了哪些具有异质性的中国问题，又是如何确立"英语文论""法语文论""德语文论"及"俄语文论"的哪些自我特性的？比如说，为什么英美新批评所选择的核心概念（如 ambiguity、tension、irony 等）都具有破除西方思维过分追求单一性和澄明性的特点？诸如"朦胧七型""精致的瓮""肌理""张力""反讽"这类术语多少也与瑞恰兹、燕卜逊等人多年任教于中国高校，受到侧重于悟性的、

---

1. 曾军：《西方文论对中国经验的阐释及其相关问题》，《中国文学批评》2016年第 3 期。

形象的、直觉的、想象的、感性的“中国思维”的影响有些关系。之所以会形成对古代中国社会形态和治理结构为“亚细亚生产方式”或“东方专制主义”的认知，也是与西方启蒙运动以来形成的“民主西方”或“西方式民主”这一自我认同有密切关系的。而以“毛泽东思想”为代表的“革命中国”为什么在法国左翼理论中拥有如此巨大的学术影响力和知识生产能力？这不能简单归结于从萨特、阿尔都塞到朗西埃、巴迪欧等人的误读和想象，而在于“作为法国左翼理论中的革命中国”是植根并同构于以“五月风暴”为标志的西方社会文化思潮的。因此，“文革”在中国语境中所具有的荒诞性，在西方语境中却成为具有乌托邦力量的解放性。对此问题的分析，我们不能简单将他们所理解的“毛泽东思想”等同于我们中国的毛泽东思想，也不能将他们的“文革”想象置换为发生在中国的真实的“文革”。这也就可以解释，为什么在法国语境中，“原样派”一度左翼化，而一旦他们亲身来到中国，便改变了自己的看法。这正是“想象的中国”与“真实的中国”之间发生了冲突和矛盾。

　　另一方面，“异”也成为西方文论在追求普适性过程中不可或缺的重要方面。西方文论毫无疑问是植根于西方的本土文化土壤之中的，但在全球化、现代化和跨文化交往过程中，作为他者的异质性文化也成为其关注的对象，甚至发挥着越来越大的作用。为什么 20 世纪越来越多的西方学者会对中国文化、中国艺术、中国思想、中国革命以及中国的政治经济社会等现象感兴趣？原因非常复杂，这里既有西方文论为了寻求自身理论的普适性而做的用西方理论阐释中国经验的努力和尝试，也有着为了解决和克服自身所面临的诸多难题而取道中国，寻求"他山之石"的意图，还有着经过与中国文艺的接触而受到深深的感染，从而获得了文艺创作和理论创新的灵感，等等。我们经常说，西方文论是基于大陆理性主义和英美经验主义而发展起来的，重理性、逻辑，轻感性、体悟。但 20 世纪西方文论中，有不少深受中国文化影响的西方文论家在理论思维上有着鲜明的注重感性、诗性和伦理的特征；20 世纪后半个世纪的以阶级、种族、性别为对象的诸多文化理论思潮也是在全球化、跨文化交流，乃至文明的冲突的背景下展开的。最典型的例子是后殖民主义。萨义德的"东方主义"本来首先是作为在西方世界被边缘化的巴勒斯坦裔学者出于文化认同和学术批判的需要来推动的，认为东方学"是地域政治意识向美学、经济学、社会学、历史学和哲学文本的一种分配；它不仅是对基本的地域划分（世界由东方和西方两大不平等的部分组成），而且是对整个'利益'体系的一种精心谋划"[1]，因而具有鲜明的"反西方"的文化立

---

1. ［美］萨义德:《东方学》，王宇根译，北京:生活·读书·新知三联书店1999 年版，第 16 页。

场。但这一立场迅速被西方文论所接纳，将之汇入具有鲜明的"自反性"特征的后现代主义、解构主义的学术思潮之中，形成以"阶级""种族""性别"等为核心领域的文化理论思潮。这种学术思路甚至影响到了西方学者的研究。比如说中国学者往往会将詹明信的"第三世界民族寓言"的理论也作为后殖民主义思潮中的组成部分来看待。但詹明信与其他"正宗"后殖民主义理论家很不一样：他不是出生在亚非拉、成长在第一世界的少数族裔学者，因此他就不太可能具有其他后殖民主义学者在文化认同、文化批判以及政治立场等各方面的"独异性"。正是在这一点上，他的"第三世界民族寓言"的理论虽然具有极大的理论概括力，但有可能正好是后殖民主义要批判的"对东方的想象"[1]。在这种学术思潮的推动下，作为"异"的中国问题，也更多地受到了西方文论家的关注，成为西方文论"反思现代性"的思想资源。

第二类是海外汉学家。[2]他们的成分比较复杂，有的既是西方理论家，同时也是中国问题研究专家，如魏特夫和德里克。但更多的则只是对"汉学"或"中国研究"感

---

1. 参见笔者为吴娱玉《西方文论中的中国》（上海人民出版社 2018 年版）一书写的序。
2. 关于"汉学"之于"西方文论中国问题"的特殊性，笔者已有《尚未完成的"替代理论"：论中西研究中的"汉学主义"》（《中国比较文学》2019 年第 2 期）一文。在此从略。

兴趣的专家。他们中有一部分人参与了西方主流理论的建构（如卫礼贤、戴密微、程抱一和弗朗索瓦·朱利安），另一部分人则更多地进行与中国本土学者之间的交流与互动（如王德威、顾彬和浦安迪）。前者是直接为西方文论的知识生产提供学术服务，通过对中国典籍的翻译和阐释，形成关于中国问题的基本看法，为西方文论所需要的中国问题提供相关的研究材料的支撑；后者主要是借鉴和套用西方理论理解和阐释中国对象，为中国文化的研究提供新视野和方法论。由此，海外汉学出现了两种不同的倾向：一种是身处西方学术语境，需要获得西方主流学术的认可，因此自觉按照西方学术需要（或者逆向提出对西方学术的批评，以期补充或者颠覆既有学术范式）；另一种则是积极面对中国，与中国本土学术形成互动。所有这一切，都受到自鸦片战争以来西方的坚船利炮打开了中国闭关锁国的国门和 20 世纪 80 年代以来的中国以积极主动的姿态推进的改革开放政策这"一被动、一主动"的对外开放的影响。一方面是通过推动大批中国学者出国留学访学，另一方面则积极吸收和引进海外中国研究学者"回到 / 进入"中国，形成积极的对话交流机制。深受西学影响"海外汉学"或"中国研究"无论是在理论视野和研究方法上都给予中国本土学者以极大的新鲜感和吸引力，也刺激了更多的海外汉学的学者将学术交流对话的方式从设法获得西方主流学界的认可到积极寻求中国本土学界的青睐上来。

　　第三类就是中国学者自身。"西方文论中的中国问题"不能简单等同于"发生在中国的中国问题"。"西方文论中的中国问题"还可以分为两种类型：一种是"真实的中国问题"，另一种是"想象的中国问题"。所谓"真实的中国问题"即未加变形的，直接呈现的中国问题；所谓"想象的中国问题"，即是西方文论家间接接触和思考的中国。从这两者来看，"想象的中国问题"构成了已有的"西方文论中的中国问题"的主体部分。作为中国学者来研究"西方文论中的中国问题"的，一方面，我们要会区分"西方文论中的中国问题"中哪些是"真实的中国问题"，哪些是"想象的中国问题"，辨析"真实的中国问题"是如何被西方文论家进行"理论想象"和"西方化"的。这就必然会牵涉到"东学西渐"问题，也会涉及"异国情调"问题。前者是客观的描述，即"中学"是经过何种渠道，以何种面目，传播和影响到西方的，西方思想（文论）是如何选择性地接受中学中的某一方面，并予以理解和阐释的；后者则是一个中国被发现的过程，即西方学者出于何种目的、何种需要，或者要解决哪些自身的问题，又由于何种契机，接触到了中国，通过汉学译介、器物的中国、想象的中国等，并赋予了"中国问题"以何种意义和价值。这就是为什么，中国学者会更多采取比较文学的影响接受研究中的"理论的旅行""选择性接受""误读变形"等，通过去伪存真，实现对"真实的中国问题"的还原。因为在这一研究过程中，中国学者拥有对识别判断"真实的中国问题"的学术自信。另一方面，"想象的中国问题"也有其独特的学术价值。通过对"真实的中国问题"的还原，中国学者可以更好地展开对中国本土问题的研究，获得来自西方学术思想的启迪；通过"想象的中国问题"的分析，中国学者也能够更好地获得对西方文论学术思维、理论倾向以及价值立场的深切把握。这就涉及另一个非常重要的问题，如何对待西方文论对中国问题的误读。对于西方后现代主义理论而言，"一切阅读皆误读"。通过强化误读的合理性，可以为西方解读其他文化进行辩护；但是中国学者也不能将所有的工作仅仅局限在对误读的识别上，并认为误读就是错读，就是毫无意义和价值的。我们要做的是进一步去认识到：第一，误读有其必然性；第二，误读有其歪曲性；第三，误读也有其创造性；第四，误读也有善意和恶意之分；第五，也可以通过不断的交流理解，获得正确的阅读，形成共同的理解。但随着"东学西渐"和中西文化交流日益频繁，西方学者将会不断增加其直面"真实的中国问题"的比重。

"西方文论中的中国问题"的研究从最初由西方学者自发形成的在西方学术中相对边缘和次要的研究议题到由中国学者主动参与建构的提升中国学术国际影响力的学术领

域，体现了作为"世界的中国"（China of the world）在文论知识的建构中的独特价值。[1] 无论是"西方文论中的中国问题"还是"中国文论中的西方问题"，其实都是"世界文论中的中国和西方""世界"是一个整体性的地理区域概念，任何"中""西"都只是"世界"中的特定区域，是"全球网络中的一个节点"。因此，"世界中的中西"同时包含着"世界中的中国""世界中的西方"和"世界中的中西关系"等多重含义。所谓"中西"之间的关系不只是"西方影响中国"（西学东渐）和"中国影响西方"（东学西传）那么简单。在"中西"之间，还存在众多"非中""非西"的其他区域作为中介因素的存在。它们彼此之间的影响绝对不是"单一维度的"，也不是"两点之间的"，而是在"世界"范围内的多元网络的相互影响。这也是笔者提出"影响的多元网络"命题的重要原因。[2]

1. "世界的中国"（China of the world）的提法来自刘康的《西方理论的中国问题——以学术范式、方法、批评实践为切入点》（《南京师范大学学报》2019年第1期）。文中作者试图"纠正一下多年来形成的习惯，把中国视为世界的中国（China of the world），而不再用两分法来区别，强调世界与中国（world and China）"。
2. "影响的多元网络"是笔者在完成国家社科基金项目"巴赫金对当代西方文学理论的影响研究"项目中提出的研究方法论。笔者认为，"影响研究要摒弃那种'点对点'的单向封闭和影响—接受模式，应该认识到接受者所受的某个思想家的影响是复杂的、多元的、局部而侧面的，是在接受者的知识视野、问题意识以及'学术时代'的整体语境所构成的'多元网络'之中展开的"。（曾军：《关于中西文论"对话主义"研究方法的思考》，《南京社会科学》2017年第10期）。

目　录

导　言

本书从"新历史主义文论中的中国"和"新历史主义理论视域下的中国当代文学"这两个维度出发，探讨西方文论与中国经验之间的复杂问题。

在上编"新历史主义文论中的'中国'"中，本书首先概括了新历史主义文论的背景和特征，探讨了该流派的核心理论家及其核心理论，并以格林布拉特、海登·怀特、理查·勒翰等对中国的阐释为中心，探讨在西方新历史主义文艺理论中的中国文化、中国经验和中国问题，揭示出作为他者的当代中国、作为理论的东方、作为异国情调的现代中国的阐释模式，及其意识形态内涵。

在探讨该问题时，本书在反思传统的"西方理论的中国化"和"影响—反映模式"的研究思路基础上，试图重新探讨一种新的研究路径：一是在话语层面，思考新历史主义文论是如何通过影响中国当代文论，继而阐释中国经验、中国文化和中国问题的；二是在对象层面，思考中国问题是如何"东学西渐"，如何被西方文论关注、选择，进而被理解和被阐释的。而这种"中国问题的西方化"的思路，是以中国为中心的研究思路，有利于梳理中国问题被西方化的理路。

在下编"新历史主义视域下的中国当代文学"中，本书以新历史主义作为理论视角，重新解读新历史主义小说、新写实主义小说、先锋文学等中国当代文学中的历史叙事、历史书写：解析陈忠实《白鹿原》中的"儒托邦"共同体与身体／非肉体惩罚的生命政治本质，揭示范小青《城乡简史》中的个人性历史叙事与自我他者化，商谈莫言的小说《红高粱》和张艺谋的电影《红高粱》到底是塑造"土匪英雄"还是"农民乌托邦"。

其实，西方文论对中国经验的阐释也影响着中国文论话语体系的建构。因此，本书还在重新解读文学作品的基础上，重新思考"再解读""重写文学史"等当代文艺思潮中的问题，也就是，将西方作为一种方法，作为一个经由西方而反观中国的全新视角。因此，在结语部分，本书在概括新历史主义文论中的中国、新历史主义视域下的中国当代文学的基础上，思考如何构建更加自主的、"以中国为中心"的中国当代文论话语体系等问题。

　　总而言之，本书的研究价值和意义在于：第一，本书有助于推进以中国问题为中心的中西方文论研究，有利于重新评估西方文论对于当代中国文论研究的意义，并实现中西文论之间的汇通；第二，本书有利于促进当代中国文论话语体系建构；第三，本书的相关研究涉及中国国际形象塑造以及地位提升的影响和作用，可为国家的文化战略决策提供服务。当然，本书所涉及的问题重大而复杂，与之相关的问题仍有待进一步研究。

新历史主义文论中的"中国"

第一章　西方新历史主义文艺思潮

第一节　西方新历史主义文论概论

在 20 世纪 80 年代，新历史主义（New Historicism）作为一种不同于旧历史主义和形式主义的文学批评方法，一种对历史和文学进行文本阐释的文化诗学，诞生于英美文学界、文化界。这种批评强调以政治化的方式解读文学和文化，注重文化赖以生存的历史语境，以边缘和颠覆的姿态解构正统的学术，质疑现存的政治社会秩序，将文学和文本重构为历史客体，并最终从文本历史化发展到历史文本化，从政治的批评发展到批评的政治。[1]

新历史主义流派主要包括美国新历史主义和英国文

---

1. Brook Thomas, *The New Historicism and Other Old-Fashioned Topics*, Princeton: Princeton University Press, 1991.

化唯物主义两大分支。在美国，为新历史主义命名的斯蒂芬·格林布拉特（Stephen Greenblatt）是该流派的精神领袖，海登·怀特（Hayden White）是理论先锋，而路易斯·蒙特洛斯（Louis Montrose）是最积极的实践者和推动者。英国的乔纳森·多利莫尔（Jonathan Dollimore）和阿兰·辛菲尔德（Alan Sinfield）等，则是"文化唯物主义"的代表人物。此外，理查·勒翰（Richard Lehan）和卡瑞利·伯特（Carolyn Porter）等批评家，对新历史主义的相关理论问题、观点和主张进行了深入的讨论和评价。

应该说，这并非旗帜鲜明的理论流派，其成员的研究也分属不同的领域或阵地，更没有明确的宗旨或准则。根据编辑文集《新历史主义》的阿兰姆·威瑟对新历史主义批评实践概括出的"五个假设"，我们可以大致了解该流派的特征：（1）每个陈述行为都植根于物质实践的复杂网络；（2）批评家在揭露、批判和树立对立面时常常使用对方的方法，因而可能陷入揭露对象之实践的旋涡；（3）在文学文本与非文学文本之间并不存在严格的界线，它们彼此之间处于不间断的"流通""商讨"状态；（4）既没有任何话语能引导人走向亘古不变的真理，也没有任何话语可以表达不可更改的人的本质；（5）那些恰当地描述资本主义文化的语言和批评范式，却可能参与并维护它们所描述的经济。[1] 这些"假设"确实体现出新历史主义批评的某些普遍性、规律性的特征。

在理论方面，"文化诗学"、元史学、话语转义学以及"文本的历史性"和"历史的本文性"等，虽杂取百家，各有所长，却在强调历史的非连续性和中断性、否定历史的乌托邦而坚持历史的现实斗争、拒斥历史决定论而强调主体的能动性等方面，体现出共通之处，并构建出新历史主义的文学批评理论。

新历史主义不仅质疑了旧历史主义的整体性历史观，颠覆了新批评的形式主义范式，而且对历史决定论和文本中心论进行了清算，使"历史的文本性"和"文本的历史性"、"历史"和"意识形态"等得到关注，由此形成了自己的文化品格。

在西方，"历史主义"（Historicism）是指研究历史的历史哲学方法。自近代以来，卢梭、赫尔德、柏克、黑格尔、维柯等历史学家或历史哲学家，大多强调历史的总体性发展观，在思考人类历史的基础上理解社会生活，或以注重思辨的历史哲学为人类历史提供一种解释的模式，或以注重批判的历史哲学将历史看作一种独立自主的思维模式。随着社会和文化的发展，这种历史主义的历史整体论、

---

1. Aram Veeser ed., *The New Historicism*, London: Routledge, 1989, p.xi.

乌托邦主义、历史决定论暴露出思想的盲点。从 20 世纪初开始，俄国形式主义、结构主义和英美新批评等开始批评历史主义，而形式主义文论的发展也使文艺理论越出"历史"的轨迹而滑入"形式"的旋涡。最终，历史主义让位于形式主义，而历史意义、文化灵魂也在语言的解析中变成了意义的碎片。为了应对解构主义和后现代主义的语言操作和意义拆卸，美国的文化符号学、德国的法兰克福学派、法意新历史学派等，开始将"历史意识""历史批判""文化诗学"等作为文化解释和审美分析的代码。[1] 而这就是新历史主义出现的时代背景和理论语境。

　　首先，新历史主义的名称显现出它与历史主义相对的姿态。早在 1972 年，威斯利·莫里斯在《走向一种新历史主义》中提倡一种与历史主义相对的新历史主义，但并未在理论层面进行详细的论述。[2] 在 1982 年，格林布拉特在《文类》（Genre）期刊中以"新历史主义"为一种新的文学批评方法命名，并指出它与 20 世纪初实证论历史研究的区别在于它对理论热所秉持的开放态度。[3] 这是新历史主义真正起步的标志。对他而言，与其将"新历史主义"

---

1. 王岳川：《新历史主义的文化诗学》，《北京大学学报》1997 年第 3 期。

2. Wesley Morris, *Toward a New Historicism*, Princeton: Princeton University Press, 1972.

3. ［美］斯蒂芬·葛林伯雷：《通向一种文化诗学》，载张京媛主编：《新历史主义与文学批评》，北京：北京大学出版社 1993 年版，第 1—2 页。

界定为一种教义，不如界定为一种实践，并且他更倾向于使用"文化诗学"这一标签。这是因为格林布拉特等人相信，追求历史解释的逻辑意味着理解过去不再像发现客体的科学活动那样，而是像解释文本的文学、批评活动。正如蒙特洛斯所言："我们的分析和理解必然以我们特定的历史、社会和学术现状为出发点，而我们所重构的历史，都是作为历史之人的批评家所作的文本结构。"[1]可以说，新历史主义是一种探讨文学文本、社会文本与历史文本之间"诗性"本质之生成的文本阐释实践，它在理论热和方法论上所持有的自觉，是它区别于那种笃信符号与阐释之透明性的历史主义的关键标志。

其次，新历史主义是作为解构主义的新挑战者而走向历史前台的。在 20 世纪中后期，后结构主义思潮，尤其是解构主义，对英美文学批评以及历史研究产生了重大影响。格林布拉特指出，解构主义打破了能指与所指之间的稳定性关系及其导向的封闭世界，而"解构性阅读"使我们无法透过文本看到任何东西。因此，他在学术研究中秉持一条重要原则，就是意识到并承认文本的费解性，将具有"文字优势"的人所摹写的文本作为一种"新世界的材

---

1. Louis Montrose, "The Poetics and Politics of Culture," Aram Veeser ed., *The New Historicism*, London: Routledge, 1989, p.23.

料"。[1] 而更具建构性的是，新历史主义试图重新撕开历史
话语的意识形态内涵。正如解构主义理论家希利斯·米勒
所说，新历史主义是文学批评思潮中的"突变"和"大规
模的转移"，是从对文学作修辞式的"内部"研究转为研究
文学的"外部"联系，并确定它在心理学、历史或社会学
中的位置，是从关注语言本体转向历史、文化、社会、政
治、体制、阶级和性属的研究。[2]

可以说，新历史主义通过反思历史主义和形式主义，使
"历史"和"意识形态"进入当代文学、艺术的批评视野。

第二节　格林布拉特的"自我塑造"与文化诗学

新历史主义流派的精神领袖是美国文学理论家、批评
家斯蒂芬·格林布拉特。他的主要研究著作包括《文艺复
兴人物瓦尔特·罗利爵士及其作用》(*Sir Walter Raleigh: The
Renaissance Man and His Roles*)、《文艺复兴时期的自我塑
造：从莫尔到莎士比亚》(*Renaissance Self-Fashioning: From
More to Shakespeare*)、《再现英国文艺复兴》(*Representing*

---

1. Stephen Greenblatt, " 'Intensifying the surprise as well as the school': Stephen Greenblatt interviewed by Noel King," *Textual Practice* 8 (1994): 114—127.
2. Hillis Miller, "Presidential Address (1986): The Triumph of Theory, the Resistance to Reading, and the Question of the Material Base," *PMLA* 102 (1987): 281—291.

the English Renaissance)、《炼狱中的哈姆莱特》(Hamlet in Purgatory)、《莎士比亚的商讨》(Shakespearen Negotiation)、《学会诅咒》(Learning to Curse)、《俗世威尔：莎士比亚新传》(Will in the World: How Shakespeare Became Shakespeare)等。他强调新历史主义应是一种实践而非教义，并在文艺复兴戏剧、旅行文学研究等实践中，构建出一种文化诗学。

在文艺复兴研究中，格林布拉特提出"自我塑造"理论。这一理论的出发点在于，他相信英国文艺复兴时期产生了自我，而且自我能够塑造成型。对他而言，"自我"不仅涉及个人存在的感受，是个人借此向世界言说的独特方式，而且文艺复兴时期生成了一种日益强大的自我意识，这种意识将人类个性的规训、塑造当作一种巧妙处理的艺术性过程。而"造型／塑造"不仅可以指称制造物的特殊容貌、外形及其显著风格或模式，还可以作为一种指示自我形成或某种形状的获得方式。这样，"自我塑造"就具有了新的意义范畴：它既涉及所谓的风度或品格，能够像过度讲究外表礼仪那样显示出虚伪与欺骗，还表示在语言行为中个人本性或意图的再现。[1]

格林布拉特强调，这种社会行为植根于公共意义系统，因而对此进行阐释的任务，就是对文学文本世界的社会存

---

1. Stephen Greenblatt, *Renaissance Self-fashioning: From More to Shakespeare*, Chicago: University of Chicago Press, 1980, pp.1—4.

在以及社会存在之于文学的影响进行双向考察。传统人类学中将人类看作一种文化制成品的观念，或在文学研究中将文学风格与行为风度相隔绝的做法，都相当于将文学的象征主义隔绝于其他领域的象征性结构之外，也就意味着思考某一特定文化体系中各个要素复杂互动的意识的湮灭。然而，正是"特定意义的文化系统，即处于从抽象潜能到具体历史象征物的流通状态的操控，创造了独特的个人"。[1]而"文艺复兴时期的自我塑造"是这种操控、控制机制的文艺复兴版本。

为了从文学、艺术与权力之间的关系来揭示这种控制机制，格林布拉特强调文艺复兴时期的戏剧作为一种人类特殊活动的艺术再现的意义，将戏剧视为一种"高度的社会艺术形式"，而非抽象的游戏。[2]

他还指出，在社会对自我的控制机制中，文学功能的发挥被限定在三种环环相扣的方式中：一是作为特定作者具体行为的显现；二是作为文学自身对被塑造行为之符号的表征；三是作为对这些符号的反省。也就是说，文学通过这些环环相扣的方式参与了社会对自我的控制与塑造。

---

1. Stephen Greenblatt, *Renaissance Self-fashioning: From More to Shakespeare*, Chicago: University of Chicago Press, 1980. pp.1—4.
2. ［美］斯蒂芬·格林布拉特：《前言》，载《俗世威尔：莎士比亚新传》，辜正坤、邵雪萍、刘昊译，北京：北京大学出版社 2007 年版，第 3 页。

从这个角度出发，他概括出"自我造型"的统辖性条件：这些作家的自我造型既涉及向某些专制权力或权威的顺从承认，还包括以权威意识来辨识异端、陌生或可恨的事物，以此发现或伪造异己形象；由于自我将外在的权威与异己视为内在的需要，因而，自我的顺从与破坏的双重动机常常是内在化的，是以语言为媒介的，并且涉及某些威胁性的经验、自我的抹杀与破坏，以及一定程度的自我丧失。[1]

其实，以莎士比亚戏剧研究为切入点绝非钻故纸堆，而是为探讨当下社会，提供一种"文化诗学"或"文化政治学"方法。

在《通向一种文化诗学》一文中，格林布拉特试图从文学、艺术与社会的关系角度，探讨 20 世纪末资本主义社会的矛盾，并通过解析历史话语的意识形态内涵，揭示出历史主义的整体性历史观、乌托邦主义等局限性，构建出一种文化诗学。马克思主义文学理论家詹明信指出，社会性、政治性的文化文本与其他文化文本的功能性分化，是私有化和物化的邪恶征兆及其强调，而且这种资本主义社会的倾向性法则，会使人在个人言语中异化。[2] 但是，格

---

1. Stephen Greenblatt, *Renaissance Self-fashioning: From More to Shakespeare*, Chicago: University of Chicago Press, 1980, pp.4—9.
2. ［美］弗雷德里克·詹姆逊：《政治无意识》，王逢振、陈永国译，北京：中国社会科学出版社 1999 年版，第 10 页。

林布拉特认为，政治与诗学之间的功能性分化是由话语机制的不同造成的，而且话语与经济、政治之间有着复杂的历史关系，资本主义也并非必然导向艺术话语的私有化。在詹明信那里，任何关于审美的界定都与私人的相联系，而私人的又与诗学的、心理的相联系，以此区别于公共的、政治的，而这种话语区分被归咎于资本主义。由此，资本主义成为一种类似原罪的存在，而政治与诗学的整体性则被寄希望于未来。这种"天堂式的起源或乌托邦式的、世界末日式的终结"的看法，是"最根本的有机统一性"。[1]也就是说，这种对詹明信而言具有语义优先权的马克思主义话语，其指涉的意识形态仍是一种整体性的历史观。

从 20 世纪 80 年代开始，后结构主义、后现代主义等流派的理论家开始对马克思主义话语提出质疑。利奥塔指出，当下资本主义的作用不再是表明不同话语领域的位置，而是使这些领域分崩离析，也就是说，资本设置并提供单一体系和单一语言，即"独白话语"。

然而，格林布拉特指出，这种后结构主义话语与马克思主义话语存在同样的问题。在詹明信和利奥塔的论述中，"资本主义"已成为社会现实上升至话语层面而形成的表述。这些关于资本主义的话语，都是各自理论寻找阻遏实

1.［美］斯蒂芬·葛林伯雷:《通向一种文化诗学》，载张京媛主编:《新历史主义与文学批评》，北京:北京大学出版社 1993 年版，第 2—3 页。

现其世界末日式想象之障碍的逻辑结果，而在这些逻辑背后，存在一种"建立在笃信符号和阐释过程的透明性基础之上的历史主义"。这种历史主义假定出一种内在和谐一致的视野，指导文学阐释，造成了独白式的批评。其实，在资本主义社会中，文化与其他话语之间的功能性分化的确立与取消是同时发生的。从社会文化结构来看，这种存在于统一和分化、统一名称和各具其名、唯一真实与不同实体的无限分化之间的摆动，尤其是审美与真实之间的功能性分化的确立与取消，恰恰形成了资本主义所独有的力量。[1] 这也成为 20 世纪末的"资本主义美学"。

那么，如何才能避免历史主义的独白式批评，揭示文学、艺术与社会之间的复杂矛盾呢？在格林布拉特看来，需要构建一种文化诗学的研究方法。所谓"文化诗学"是指一种更加文化、更加人类学的批评，它不可避免地走向对一种现实的隐喻性把握。而与这种实践密切相关的文学批评，也必须对自己作为一种阐释的地位保持自觉，有目的地将文学理解为构成特定文化的符号系统的一部分。[2] 那么，文化诗学具有什么特征？

---

1. ［美］斯蒂芬·葛林伯雷：《通向一种文化诗学》，载张京媛主编：《新历史主义与文学批评》，北京：北京大学出版社 1993 年版，第 3—14 页。

2. Stephen Greenblatt, *Renaissance Self-Fashioning: From More to Shakespeare*, Chicago: University of Chicago Press, 1980, pp.4—5.

　　第一，文化诗学具有跨学科属性。这种批评不仅跨越文学与历史学、艺术学与哲学、政治学与经济学等学科的界线，还广泛涉及西方马克思主义的批评理论、解构主义的消解手段、后现代主义的游戏策略以及福柯的权力话语等，并且在文艺复兴、旅行文学等领域的批评实践中，构建出跨学科的研究方法。

　　第二，文化诗学具有文化政治学特征。格林布拉特意识到，意识形态与社会生活形态、权力话语与个人话语、文化统治与文化反抗、中心与边缘之间不仅具有对抗关系，还有认同、化解、破坏等关系。他研究文艺复兴以及资本主义社会的真实意图，就是打破历史与文学的二元对立，将文学看作历史的组成部分，一种在历史语境中重新塑造自我以致人类思想的符号系统。由此，在文学与社会不可截然划分的关系所构成的复杂网络中，自我性格的塑造，也即那种被外力塑造的经验以及改塑他人的动机，才体现为一种权力的运作。[1] 可见，这是一种具有政治批评倾向和话语权力解析功能的"文化诗学"或"文化政治学"。

　　第三，文化诗学具有历史意识形态性。格林布拉特指出，当我们在探讨文学批评及艺术作品与其反映的历史事件之间的关系时，或者说，在描述一些私人信件、官方文

---

1. 王岳川：《新历史主义的文化诗学》，《北京大学学报》1997 年第 3 期。

件、报纸等材料，如何由一种话语转移至另一种话语而成为审美财产时，摹仿、再现、象征、隐喻等术语已不合时宜。而且，将这一过程视为从社会话语向审美话语的单向过程也是错误的，这不单是因为审美话语已经与经济活动相融合，社会话语也负载审美的能量。换句话说，文化物品、艺术作品既不存在于政治领域，也不存在于审美领域，而是在政治与审美、真实与虚构等不同话语领域之间不断地"流通""商讨"。[1] 因此，他以这些经济术语来揭示审美实践的核心，并重建一种揭示物质与话语之间的意识形态内涵的方法。

总之，文化诗学具有跨学科的杂糅特性，又具有政治批判的姿态，既有以文学和非文学来将"大历史"化为"小历史"的策略，又有以经济术语来阐释文学的新术语体系。从这个角度来看，新历史主义确实体现出海登·怀特所说的从"文化诗学"发展为"历史诗学"的趋势。

第三节　海登·怀特的元史学和话语的转义

美国历史哲学家、文学理论家海登·怀特是新历史主义流派的理论领袖。他的代表性著作包括《历史的负担》

---

1. ［美］斯蒂芬·葛林伯雷：《通向一种文化诗学》，载张京媛主编：《新历史主义与文学批评》，北京：北京大学出版社1993年版，第12—15页。

（ *The Burden of History* ）、《元史学：十九世纪欧洲的历史想象》(*Metahistory: The Historical Imagination in the Nineteenth Century Europe*)、《话语的转义：文化批评文集》(*Tropics of Discourse: Essays in Cultural Criticism*)、《形式的内容：叙事话语与历史再现》(*The Content of the Form: Narrative Discourse and Historical Representation*) 等。在 20 世纪 70 年代，他从历史史实的研究转向"元历史"研究，探讨历史的话语层面及其本质、历史话语与文学话语的关系等问题，并在文化与叙事层面将历史编纂与文学批评结合起来。

在《元史学》中，海登·怀特打破了历史学与历史哲学的界限，突破了文学与历史的疆界。通过分析黑格尔、米什莱、兰克、托克维尔、布克哈特、马克思、尼采、克罗齐等西方历史理论家、历史哲学家的著作，他指出，这些人之所以成为历史再现 / 表征或概念化的楷模，与其说是依赖于他们所概括的"材料"的性质或用以说明"材料"的理论，毋宁说是依赖于对历史领域形成洞见的那种保持连贯一致和富有启迪的能力，即以预设的诗性来思考历史及其过程的方式。[1] 换句话说，历史叙事的深层结构是诗性的，而且历史具有语言的特性，也就是说，历史在本质上是一种语言的阐释，不可避免地带有一切语言构成物所共

---

1. ［美］海登·怀特：《元史学：十九世纪欧洲的历史想象》，陈新译，南京：译林出版社 2004 年版，第 1—5 页。

有的虚构性。[1]因此，他试图从话语层面揭示历史文本的阐释策略及其深层结构。

首先，海登·怀特将历史著作分为编年史、故事、情节化模式、论证模式、意识形态蕴涵模式。在他看来，史学家按照事件发生的时间顺序对历史领域的要素进行排列、组织，就可以形成编年史，而将其中的事件编排至某种具体的"场景"或过程中，就可以构成故事。这种从编年史到故事的转变，取决于关于事件的描述。具体来说，史学家通过赋予不同动机的方式对一组特定的事件进行编码，使得历时性的编年史被转变为共时性的故事。他们通过揭露一组事件在形式上的一贯性，而将其视为可理解的对象，再将不同事件确定为充当故事要素的不同功能，从而将其编排至一种意义的等级之中。[2]换句话说，史学家借助一些手法，来编排、组织事件之间的联系以及被视为完整故事的整组事件的结构，并为它们赋予意义。

那么，史学家所使用的是何种方法？其实，与其说历史阐释使用的是科学阐释的方法，不如说是历史编纂学（historiography）的方法。

---

1. 盛宁：《二十世纪美国文论》，北京：北京大学出版社1994年版，第256—257页。
2. ［美］海登·怀特：《元史学：十九世纪欧洲的历史想象》，陈新译，南京：译林出版社2004年版，第6—8页。

海登·怀特分析了 19 世纪历史学家、历史哲学家的经典著作,从历史话语在自我解释时所采用的策略中概括出三种解释模式——"情节化解释""形式论证式解释"与"意识形态蕴涵式解释"。"情节化解释"是指在叙述故事时使故事的事件序列呈现为浪漫剧、喜剧、悲剧、讽刺剧等某一特定类型的故事(即情节化),并以故事类型来解释故事的意义的模式;而"形式论证式解释"是指以合成原则充当历史解释推定律,为事件提供说明其中心思想或主旨的解释方式。这种解释可分解为三段论,也就是,关于实际发生事件的结论被认定是依据大前提和小前提所推导出来的,而推理性论证的历史解释可采取情境论、形式论、机械论和有机论等;"意识形态蕴涵式解释"是指将史学家所假设的无政府主义、保守主义、激进主义和自由主义等特殊立场中的伦理因素,作为一般意识形态偏好的代名词。这样,每种历史观也就伴随或被赋予了特殊的意识形态蕴涵(见表 1-1)。[1] 这三种解释模式位于不同的层面,而不同层面的解释模式基于结构上的同质性选择亲和关系就构成了多种组合,也就形成了历史编纂的不同风格。

1.〔美〕海登·怀特:《元史学:十九世纪欧洲的历史想象》,陈新译,南京:译林出版社 2004 年版,第 9—38 页。

表 1-1

情节化解释模式	形式论证式模式	意识形态蕴涵式模式
浪漫式的	形式论的	无政府主义的
悲剧式的	机械论的	激进主义的
喜剧式的	有机论的	保守主义的
讽刺式的	情景论的	自由主义的

其次，海登·怀特还根据历史著作的比喻方式及其修辞，揭示出历史的诗性本质。他指出，史学家和历史哲学家组织、编排各种解释模式而构成的特定组合，在整个历史领域形式的一致性图景和主导性想象的情境内，释放出一种辩证的张力，这使他们关于该领域的概念获得一致性和融贯性。然而，在本质上，确定这种一致性和融贯性的基础是语言学的，是预设的诗性。而这种语言学的规则的特征，可以根据塑造它的主导性修辞方式来表述。[1]换句话说，历史著作所采用的主导型比喻方式及其修辞规则，构成其不可还原的基础。

海登·怀特以维柯而非索绪尔的比喻理论，来探讨历史、话语与意识形态的关系问题。[2]在他看来，比喻的基本

---

1. ［美］海登·怀特：《元史学：十九世纪欧洲的历史想象》，陈新译，南京：译林出版社 2004 年版，第 39—49 页。

2. Hyden White, *The Fiction of Narrative: Essays on History, Literature, and Theory, 1957—2007*, Robert Doran ed., Baltimore, Maryland: The Johns Hopkins University Press, 2010, pp.xvii—xix.

类型即隐喻、转喻、提喻与反讽，在对意义的文字层面与比喻层面的关系处理上存在差异——隐喻是表现式的，转喻是还原式的，提喻是综合式的，而反讽是否定式的。这种比喻理论为理解语言、意识和世界之间的关系提供了一种工具。具体来说，比喻是由语言规定的操作范式，而意识以这些范式来预构在认识上悬而未决的经验领域。当思想在语言规则中选择某种解释范式时，每种比喻也促成不同的语言规则的形成，即同一性语言、外在性语言与内存性语言，以及元比喻式的语言（见表1-2）。[1]

这样，历史通过语言以及比喻、修辞，就可以为新的事物赋予意义，使其被理解。因此，海登·怀特元史学的任务就是以比喻来分析历史话语的本体论与认识论层面、伦理与意识形态层面、美学与形式层面的复杂关系。

表 1-2

比喻 / 话语转义方式	语言操作范式	语言规则
隐喻	表现式的	同一性语言
转喻	还原式的	外在性语言
提喻	综合式的	内存性语言
反讽	否定式的	元比喻式语言

---

1. ［美］海登·怀特：《元史学：十九世纪欧洲的历史想象》，陈新译，南京：译林出版社 2004 年版，第 39—49 页。

如果说，海登·怀特的《元历史》既是历史书写、历史意识的理论，又是揭示历史文本的诗性本质的"元史学"理论，那么，在《话语的转义》《形式的内容》等后期理论著述中，他则断然将历史与文学等量齐观，揭示出历史话语的转义机制及其美学意义，并构建出叙事形式的理论。

首先，海登·怀特揭示出构成历史之诗性的话语转义学。在《话语的转义》中，他假设，当话语试图标示出人类经验的新领域以便对其进行分析，界定这一领域的轮廓、辨识其中的因素及其各种关系时，话语要确保语言能够描述占据该领域的对象，并通过预构的策略来影响描述的充分性。但是，与其说这种预构是逻辑的，不如说是转义的。海登·怀特相信，没有任何叙事要体现某种逻辑推演的融贯性，也就是说，历史语言不仅不是科学的话语，还使修辞之间的联系成为一种比喻性关系，而非逻辑性关系。[1] 因此，他试图以比喻理论揭示出转义对历史叙事方式的意义，并构建出话语转义的机制。

对他来说，转义是所有话语建构客体的过程。在这一过程中，话语假装给予客体以现实的描写和客观的分析，并且无论是虚构话语还是实在话语，都无法逃脱转义。这样，"转义"既是从有关事物关联方式的一种观念向另一种

1.［美］海登·怀特：《后现代历史叙事学》，陈永国、张万娟译，北京：中国社会科学出版社 2003 年版，第1—2 页。

观念的运动，也是事物能用一种语言来加以表达同时又可以用其他方式来表达，由此形成了事物之间关联的机制。而话语本身是意识诸过程的一种模式，它借助类比使原先被看作是需要理解的现象领域，同化到本质已被理解的经验领域之中。[1] 简言之，他以比喻的美学意义，以一种诗性的方式，揭示出历史、话语与思想相互作用的机制。

其次，海登·怀特还探讨了历史叙事的形式，即叙事化、情节化所具有的美学意义。在《形式的内容》中，他指出，审美形式可以传达内容与意义；形式与传达的信息密不可分，而故事的生成也需要技艺。同样，史学话语研究的内容与其推论形式无法区分，因此"故事是被创造的，不是被发现的"，而且创造既有情节化、艺术创作之意，又有诗学、元史学层面的建构之意。[2] 因此，叙事不仅是一种用以再现真实事件的中性推论形式，而且是一种具有特殊作用的意义生产系统，涉及蕴含着鲜明意识形态甚至特殊政治意蕴的本体论和认识论选择。

可以说，叙事及其虚构性为陌生的事件和情节赋予意义，因而也属于文学虚构，具有重要的美学意义。这也是

---

1. ［美］海登·怀特：《话语的转义：文化批评文集》，董立河译，郑州：大象出版社 2011 年版，第 1—6 页。

2. Hyden White, *The Fiction of Narrative: Essays on History, Literature, and Theory, 1957—2007*, Robert Doran ed., Baltimore, Maryland: The Johns Hopkins University Press, 2010, pp.xxii—xxxi.

海登·怀特将自己的研究描述为探讨历史写作的诗学而非
哲学的努力的原因。

第四节　蒙特洛斯的"文本的历史性"与"历史的文本性"

美国学者路易斯·蒙特洛斯在莎士比亚戏剧批评和文
化诗学研究等实践中，逐渐发展为新历史主义的积极推动
者和实践者。

在 20 世纪 70 年代末，蒙特洛斯发表了一系列关于新
历史主义的研究论著，分析了文化诗学的理论宗旨及其特
征，并自觉运用到批评实践中。在这一时期，他强调文学
与世界之间的关联，认为即便像伊丽莎白时期的田园诗歌
这样的文学作品，也具有一种调节那个时期经济与政治的
矛盾关系的深远意义。[1]蒙特洛斯试图在田园诗等文本的分
析中，考察文学与社会意识形态之间的关联，尤其重视对
文本中权力意识形态问题的揭示。这种研究与文化诗学较
为相似。

与之不同的是，早期蒙特洛斯更重视文学在历史中的
作用，并注重从历史发展的角度来把握文学作品，将文学

---

1. Louis Adrian Montrose, "'Eliza, Queen of Shepherds', And the Pastoral of Power,"
   in *The New Historicism*, Aram Veeser ed., New York and London: Routledge,
   1989, pp.88—89.

视为外在世界的反映。他坚持文学能够"调节"特定经济
和政治体制造成的紧张关系及内心深处的矛盾，强调历史
剧总是通过掩盖断裂的现象而达到调节社会问题的目的。
但他怀疑那种过分巧合或过分集中偶然性来表现戏剧冲突，
从而丧失了真实性的作品。他认为，文学应注重普遍永恒
的问题，而不是反映具体历史时期和物质构成中的问题，
或特定的政治权力所构成的现实产物。[1] 在这个方面，蒙特
洛斯的思想显现出旧历史主义的痕迹。

在 20 世纪 80 年代中期，由于受到雷蒙·威廉斯后期
著作的影响，蒙特洛斯的研究越来越趋近于新历史主义，
并构建出新的理论。

第一，蒙特洛斯提出"文本的历史性"和"历史的文
本性"的阐释范式。"文本的历史性"是指所有书写形式的
历史具体性和社会物质性等内容，这既包括批评家研究的文
本及其所处身的社会文化文本，又涉及所有阅读形式的历史
性、社会性和物质性等内容。而"历史的文本性"首先是指
批评家不以社会的文本踪迹为媒介，就没有接近完整的、真
正的过去以及一个物质性存在的途径，而那些文本踪迹不能
仅仅被视为是偶然形成的，更应被设定为类似于生产人文学
科规划的过程，或至少在某些部分上，是源于选择性保存和

---

1. 李圣传：《实践"新历史主义"：格林布拉特及其同伴们》,《学术研究》2020
年第 2 期。

涂抹的过程。其次，"历史的文本性"是指那些在物质以及意识形态选择中获胜的文本踪迹，被转化成"文献"，并在人们将人文学科阵地视为描述和解释性文本的基础时，再次充当阐释的媒介。[1]在这种文本与历史互动的批评中，原本独一无二的"非文本化"形式的历史（History）衍变为复数的"由文本再现"的历史（histories）。而"文本的历史性"和"历史的文本性"，不仅成为蒙特洛斯的新的阐释范式，更成为一种对新历史主义特征的界说。

第二，蒙特洛斯强调主体的主观能动性和事件意义的相对性。他不仅通过主体、文学和历史语境突破文本的内外界限，将历史的流变与权力意识形态的关系贯通起来，而且强调主体具有能动性与自主性的统一。主体既受到历史的制约，又能够超越历史对其进行深切的反思，甚至对历史话语进行全新的创造。主体，尤其是历史阐释的主体，不是无限趋近于对客观历史事实的认同，而是消解这种客观性神话而建立历史的主体性。[2]可以说，历史就是历史学家的主观构造物，这是其主体性的鲜明体现，而历史被阉割的意义也被再度阐释生发出来。不仅如此，蒙特洛斯还

---

1. Louis Montrose, "The Poetics and Politics of Culture," in *The New Historicism*, Aram Veeser ed., Routledge, 1989, pp.15—17.

2. Louis Montrose, "Shaping Fantasies: Figurations of Gender and Power in Elizabethan Culture," *Representations* 2 (Spring 1983): 61—94.

强调话语领域与物质领域之间存在动态的、交互式的关系，而文本就成为塑造历史的能动力量，文学成了文化与物质实践、"讲述话语的年代"与"话语讲述的年代"双向辩证对话的动力场。所以，他的任务就是考察在异己的社会历史背景下，"自我"的观念如何形成并浮出历史地表，并发掘自我作为当时矛盾话语的产物，如何通过一种非人化的历史去加以重新命名，使文学再生产历史，甚至创造和虚构一种更真实的历史。[1]这样，通过强调文学与社会历史文本的相互转化、彼此作用，而非历史决定论，蒙特洛斯以能动地再生产意义的新历史主义，替代了旧历史主义。

第三，蒙特洛斯主张，用文化系统中的共时性文本，替代过去自主的文学历史的历时性文本。他甚至不惜以牺牲连续性进程为代价来强调结构关系，将文本视为文化系统的文本，而非自足的文学史的文本。[2]海登·怀特指出，蒙特洛斯在文本与历史、历时与共时的相互阐释中，修改了新历史主义研究的基础和兴趣，使新历史主义者关注的中心问题，从历时性转向共时性方面。[3]

---

1. 王岳川：《后殖民主义与新历史主义文论》，济南：山东教育出版社 1999 年版，第 177—179 页。

2. S. Greenblatt and G. Gunn ed., *Redrawing the Boundaries*, New York: Modern Language Association of America, 1992, p.401.

3. ［美］海登·怀特：《评新历史主义》，载张京媛主编：《新历史主义与文学批评》，北京：北京大学出版社 1993 年版，第 95—97 页。

可以说，蒙特洛斯不仅将批评视角从对历史的考据式分析和形式主义把握，转向文学与政治、经济、宗教、社会制度等的相互调节中，还使原先封闭自足的文本及思想在其他社会话语、社会实践的关联中获得新的阐释意义，实现了文学与历史的流通与相互作用。他不仅细化了实践新历史主义的方法，还赋予新历史主义批评更具开放的理论张力。

第五节　多利莫尔和辛菲尔德的文化唯物主义

乔纳森·多利莫尔是英国文化唯物主义的开创者和实践者，主要从事文艺复兴时期的文学研究，而他和阿兰·辛菲尔德合编的《政治的莎士比亚：文化唯物主义论文集》一书，更推动了文化唯物主义在英国的传播、影响和发展。

在 20 世纪 80 年代初，文化唯物主义兴起于文艺复兴研究，尤其是莎士比亚戏剧研究领域，后来逐步过渡到探讨女性主义、后殖民以及同性恋等问题。然而，"文化唯物主义"一词可追溯至文化研究理论家雷蒙·威廉斯对一个从事文化分析的工人团体的用语。[1] 这个英国二战时期的团体以威廉斯本人的研究为主，汇集了文化研究中的历史、社会、英语等方面研究，女权运动中的某些问题，以

---

1. Raymond Williams, *Marxism and Literature*, Oxford: Oxford University Press, 1977.

及阿尔都塞、马舍雷、葛兰西以及福柯等人的结构主义马克思主义和后结构主义理论。英国文化唯物主义不仅延续了威廉斯的理论，而且探讨了格林布拉特的文化诗学，重视从文化、历史、政治与权力等多个角度来分析文学，并且由于不同学科以及不同理论的分析相互纠缠，产生出一种"实践的政治"。

具体来说，文化唯物主义的思想主要包括以下几个方面。

第一，文化唯物主义主张消除文学与非文学之间的界限，对文学、历史与权力意识形态进行一种总体性批评。多利莫尔拒斥那种特别重视文学，而将文学、艺术同其他社会实践相分离的唯心主义文艺批评的做法。这种批评全神贯注于假想中的普遍真理，及其在人的根本性质中的对应，并将历史视为无关宏旨，或者，在肯定某种超越历史的人类状况时，将历史当作某种约束。与之相比，他更认同威廉斯的理论主张，即消除文学与其背景、文本、上下文之间的分野，认为艺术"作为实践可能具有十分独特的品性，但不能从一般的社会进程中分割开来"。而在文艺复兴研究领域，多利莫尔更加认同格林布拉特对文学与权力的研究，将戏剧视为权力的主要表现和法统所在。[1] 可见，

---

1. ［英］多利莫尔：《莎士比亚，文化物质主义和新历史主义》，张玲译，载中国社会科学院外国文学研究所《世界文论》编辑委员会编：《文艺学和新历史主义》，北京：社会科学文献出版社 1993 年版，第 141—145 页。

文化唯物主义批评主张"从后结构主义的观点出发，把文学和历史解作建构的文本性"[1]，注重对文学、历史与权力、意识形态进行互文性、总体性研究。

第二，文化唯物主义注重对意义与合法性之间的多种文化联系，进行意识形态批评。与文化诗学相类似，唯物主义批评也拒斥格林布拉特所说的"单声道"的、自说自话的历史主义批评。多利莫尔指出，蒂利亚德的《莎士比亚世界的图景》等历史主义著作，以人们"集体心理"的名义虚情假意地将历史与社会进程统一起来。在他看来，这种看重秩序的说教，是对突然出现的、具有威胁性的力量所做的焦虑反应，而这种"世界图景"是在意识形态方面将现存的社会秩序合法化。他根据威廉斯的理论，揭示出这种"单声道"的话语背后的"单一的政治幻象"。蒂利亚德的"世界图景"在某些方面可以看作是主要意识形态，另外一些可以看作是残余意识形态，但这种"图景"忽略了这两者正在遭受新兴文化形式的对抗。而这些正是在莎士比亚时期处于中心的问题。从更普遍的层面来说，无论是漫无边际的想象，还是文学的想象，文化都不是单一的整体。而在另外一些文学形式中，我们可以约略看到超越

---

1. 霍华德·菲尔皮林：《"文化诗学"与"文化唯物主义"：文艺复兴研究中的两种新历史主义》，载王振逢主编：《2000 年新译西方文论选》，黄必康等译，桂林：漓江出版社 2000 年版，第 200 页。

“世界图景”之外的文学形式，即处于次要地位的文化。因此，多利莫尔强调从意义与合法性之间的种种文化联系，来揭示意识形态的意义。通过这种批评角度，他们揭示了信仰、实践和机制如何使社会秩序或社会现状合法化，以及为了加强现存的社会秩序，而把局部利益表现为总体利益的合法化过程。[1]可以说，文化唯物主义试图以社会政治分析恢复戏剧的政治空间。

第三，文化唯物主义批评注重权力的巩固、颠覆与遏制。文艺复兴时期的文学批评家大多强调文学的效果，而当时关于戏剧的效果存在两种观点：一种观点强调戏剧教育群众的功能，而另一种观点强调戏剧具有打消，甚至推翻权力的神秘感的力量。在文化唯物主义看来，这一时期关于文学的功利主义观念，恰恰说明了文学的社会政治效果的“付诸实践”，就是文学的接受性。当时对悲剧因素的表述既涉及普遍性，又绝对是政治性的。而作为再现暴政的表现以及剧本本身，在“付诸实践”时，就既是对权力的维护，也是对权力的挑战。简言之，“文学是一种实践，在它再现当代历史的时候就干预历史了”。而文艺复兴时期的文学，就是在它对某些具体的权力形式进行理想化或

---

1. ［英］多利莫尔:《莎士比亚，文化物质主义和新历史主义》，张玲译，载中国社会科学院外国文学研究所《世界文论》编辑委员会编:《文艺学和新历史主义》，北京：社会科学文献出版社1993年版，第145—149页。

消除它们的神秘色彩时，展现出它们的政治性。正是这种再现，使作品在艺术上取得成功。为了探讨文学的效果或"付诸实践"的问题，多利莫尔反思了在历史和文化进程和文学中体现出的三个方面，即巩固、颠覆和遏制。第一个方面是强调权力通过共享的文化而巩固其意识形态的过程；第二个方面是强调对权力巩固过程的颠覆；第三个方面则是强调对颠覆力量的遏制与包容。他指出，权力结构并非一成不变，而是由各种不同的、互相竞争的因素所构成的。这些因素不仅产生文化，还在付诸实践过程中产生文化，这样，在某种程度上矛盾也就消失了。也就是说，"付诸实践"表现出某种生成或转变的过程，因此，文化唯物主义批评也应在分析和方法论方面表现出转变，也就是，把文本的、历史的、社会学的和理论的分析结合起来考察的转变。[1]这样，文化唯物主义就形成了一种"实践的政治"。

应该说，英国文化唯物主义与美国新历史主义在叙述宗旨、理论意向和政治话语等方面较为接近。然而，由于地域文化、知识传统、理论方法和研究趣味的迥异，作为另一种"新历史主义"的英国文化唯物主义，开辟出一条新的文学批评路径，并拓宽了新历史主义的理论意涵。

---

1. ［英］多利莫尔：《莎士比亚，文化物质主义和新历史主义》，张玲译，载中国社会科学院外国文学研究所《世界文论》编辑委员会编：《文艺学和新历史主义》，北京：社会科学文献出版社 1993 年版，第 149—157 页。

第六节　西方新历史主义文论的意义与局限

作为重要的西方文艺思潮，新历史主义对文学批评、历史研究、叙事学等产生了重要的影响，然而也遭受了许多批评。

第一，新历史主义显现出历史文本化的批评策略，打破了历史与文学、历史话语与文学话语之间的界限。在历史与文学的关系上，格林布拉特、蒙特洛斯等在文学文本研究中采用历史文本化研究，因为正如詹明信所言，"尽管批评家没有意识到，但所有有关文学作品形式上的陈述都必须以一个潜在的历史维度来支撑"[1]。而海登·怀特等的历史理论研究，在借鉴文学理论及其方法的基础上，形成了一种诗意直觉的、本文细读式的方法，甚至构建出叙事的理论。

对理查·勒翰来说，历史的文本化策略潜藏着时间空间化以及历史虚无主义的危险。由于受到解构主义、后现代主义的影响，新历史主义批评在本质上排斥历史的线性发展以及历史的深度，总是将时间并置，即将时间空间化。当历史成为非历史的空间化存在时，历史的言说变成以一种言说取代另一种言说的话语，而这种历史的事物秩序仅仅是人类文字秩序言说的再现。勒翰认为，这将使历史进

---

1. Fredric Jameson, "Criticism in History," in *The Ideologies of Theory, 1971—1986*, Minneapolis: University of Minnesota Press, 1988, p.120.

入"时间的凝定"，并引申出一种先定的、以主观性决定历史意义的倾向，而且，这种文本化策略会割裂时间，既瓦解历史的连续性，又脱离意识，使历史和意识变成不可理解、无法把握的东西。[1]其实，这种看法存在一定的片面性。新历史主义强调主体对历史进行文本细读，强调探讨文化与社会结构之间的总体性关系，因而"历史的文本化"与"文本的历史化"只是一种研究策略，而并非"语言决定论"或"历史虚无主义"。

第二，新历史主义批评以福柯的权力分析法，来探讨历史话语、文学话语与意识形态的关系，构建出一种意识形态话语分析。新历史主义理论家反对解构主义的"非历史化游戏"，以话语分析代替了意识形态批判，而从另一角度来看，他们并未抛弃"意识形态"概念而是改变了它的内涵。格林布拉特的文化诗学具有意识形态性、政治解码性和反主流姿态，多利莫尔也强调文本解读的意识形态性。这些研究以政治化的方式解读文学和文化，关注文化赖以生存的历史语境，并以边缘和颠覆的姿态解构正统的学术，质疑政治社会秩序。[2]

---

1. Richard Lehan, "The Theoretical Limits of the New Historicism," *New Literary History* 21.3 (Spring 1990): 533—553.
2. Brook Thomas, *The New Historicism and Other Old-Fashioned Topics*, Princeton: Princeton University Press, 1991.

这也使新历史主义显现出混杂多义性、立场不确定性等弊端。新历史主义既受到福柯权力观的影响，又试图在政治立场上与马克思主义划清界限，强调政治上的不偏不倚，避免因单一的立场或观点而将历史纳入"独白"的表述，从而遮蔽历史的复杂面目。可以说，新历史主义为应对历史主义而构建出新的研究方法，但这种新的研究方法也带来新的问题。

第三，新历史主义，尤其是海登·怀特的理论，不仅肯定了叙事的虚构性及其诗学意义，还推动了叙事学的发展。他指出，历史编纂的形式是历史在哲学思辨意义上的存在形式，也就是说，在撰写历史时，要为历史表述形成之前在人们思维中已然存在的诗性灼见赋予某种形式，才可以使历史表述呈现出某种合理性。通过这种方式，他将历史事实、历史意识和历史阐释的差异填平了。[1] 而从另一个角度来看，历史的思辨哲学编纂使历史呈现出历史哲学的形态，并带有诗人看世界的想象的虚构性。由此，他使我们意识到历史意识、阐释模式和语言的虚构性之间的关系。这有助于对居于统治地位，或特定时空中占优势的社会、政治、文化以及其他符码，进行破译和削弱。在解构性、颠覆性和挑战性这个意义，历史语言的虚构性就类似

---

1. 盛宁:《二十世纪美国文论》，北京：北京大学出版社1994年版，第258—259页。

于诗学语言。[1]

可以说，海登·怀特的理论建构在西方历史哲学的发展脉络中具有开创性的意义，不仅推动了历史哲学的"叙事转向"，还推动了叙事学、修辞学的发展。但是，这种将历史诗意化的研究方法，也遭到来自文学批评和历史研究领域的双重批评。

总而言之，新历史主义颠覆了旧历史主义的整体性观念以及新批评的形式主义方法，还打破了历史决定论和文本中心说，既具有跨学科的杂交品质，又呈现出意识形态性和政治性批判的姿态。应当说，新历史主义研究的目的并非回归历史本身，而是为历史提供一种新的话语阐释范式，一种文化政治学、文化人类学的批评方法。

1.［美］海登·怀特：《评新历史主义》，载张京媛主编：《新历史主义与文学批评》，北京：北京大学出版社 1993 年版，第 106 页。

第二章 格林布拉特与詹明信之辩：当代中国的政治与诗学

斯蒂芬·格林布拉特是美国莎学研究专家和"新历史主义"流派的理论命名者，由研究交叉学科的学术边缘逐渐被主流学术所认可，成为影响中西方众多领域的重要理论家。格林布拉特在众多论著中叙述了当代中国的文化政治状态，塑造了20世纪60年代和改革开放初期的中国形象，是研究西方文论中的中国问题的典型代表。

在《格林布拉特读本》(*The Greenblatt Reader*) 一书中，格林布拉特以类似于游记的文体形式，记录了他在1982年作为北京大学客座教授应邀来访中国的经历，后来在为其莎学研究新著《俗世威尔》专程撰写的中文版序中，再次提及这段经历和印象。这两处资料是格氏对改革开放初期中国文化政治经济问题的叙述；而在《通向一种文化诗学》中，格氏在对詹明信《政治无意识》的观点进行辩驳时，将当代中国的文化政治生态，作为阐释政治与诗学关系问题、论证资本主义和共产主义两种政治经济制度优劣的例证。从新历史主义注重语境、反思阐释模式的研究方式来看，不同观点的理论来源和政治立场，才是不同历史观和评价标准的根源所在。因此，本章主要以格林布拉特与詹明信讨论政治与诗学关系问题的观点，以及他们关于当代中国文化政治的阐释模式为研究对象，剖析西方理论家对中国形象、中国问题的看法，解析他们的话语阐释机制和分析策略背后的理论立场及意识形态因素。

第一节　政治与诗学分化或统一

在《通向一种文化诗学》中，格林布拉特将当代中国的文化状态和美国资本主义文化运行机制，作为两个互相对比的论据，来探讨政治与诗学之间复杂辩证的关系，而这正是他"文化诗学"理论与批评的研究范畴。格林布拉特虽是"新历史主义"流派的理论命名者，却并未对其内涵进行理论化的界定，而更倾向于"文化诗学"的批评实践。他认为"文化诗学"是一种更文化或更人类学的批评，这种文化阐释研究不可避免地走向了对现实的隐喻性把握，与此相关的文学批评，也应有目的地把文学理解为构成某一特定文化的符号系统的一部分。[1]同时，他也在试图探索"文学本文周围的社会存在和文学本文中的社会存在"，阐释具体文化和实践的相互作用——这些实践产生文本也由文学文本而产生。因此，他认为新历史主义者的阐释任务，必须是对文学文本世界中的社会存在和社会存在之于文学的影响实行双向调查。简而言之，政治与诗学的辩证关系，是格氏"文化诗学"研究的重点。

因此，格林布拉特展开了与詹明信和利奥塔对立观点的"商讨"，通过发现/伪造"异己"来塑造"自我"，以此来阐释观点，建构理论体系。在这场有些单向意味的辩驳中，也体现出格氏的"自我塑型"理论和心理机制。

格林布拉特主要对詹明信在《政治无意识》中关于政治与诗学关系问题的论断进行了反驳。詹明信认为：社会性、政治性文本和与之相反的文化文本之间的功能性区别比错误还要糟糕，这是当代生活具体化和私有化的征兆，甚至是对私有化的强调。也就是说，社会性、政治性文本和诗性文本的功能区分，重新肯定了公与私、社会与心理、历史与个人之间在结构、存在和观念上的差异，使我们从自己的言语本身中异化，也使我们作为单个主体的存在一

---

1. [美] 格林布莱特：《〈文艺复兴自我造型〉导论》，赵一凡译，载中国社会科学院外国文学研究所《世界文论》编辑委员会编：《文艺学和新历史主义》，北京：社会科学文献出版社1993年版，第79—80页。

蹶不振，使我们对于时间和变化的思考麻痹瘫痪。[1]

对此，格林布拉特进行了反驳："非社会性和非政治性的文化本文，从某种意义上说，是从在一种文化的其他方面起作用的逻辑推理性话语机制中分出的一个审美领域，这种文化本文与社会性、政治性本文之间的功能性区别，对于詹明信说，竟变成'私有化'的一种邪恶征兆。"[2]他质疑道，詹明信所说的"私人的"这一术语是指一种经济组织形态，而它和政治与诗学的功能性区别之间又有何关系呢？格氏指出了詹明信把经济问题作为政治与诗学关系的结果，从逻辑上来说未免有些突兀，或者说忽略了阐释这种逻辑关系合理性的前提。

当然，格林布拉特并未仅仅停留在指出逻辑上的错误，他继续沿着詹明信从经济角度阐释的思路进行反思，指出私人私有制并不一定会导致私有化，比如小说、诗歌和影视行业等都可以导致艺术公共领域的存在。也即，私有化可以导致一切话语的极端公有化，形成一个空前庞大的观众读者群，组成一个商业体系。并且格氏将这种私有制的作用，夸耀为"是资本主义以前的社会为组织公共话语所

---

1. 转引自〔美〕斯蒂芬·葛林伯雷：《通向一种文化诗学》，载张京媛主编：《新历史主义与文学批评》，北京：北京大学出版社1993年版，第2—3页。
2.〔美〕斯蒂芬·葛林伯雷：《通向一种文化诗学》，载张京媛主编：《新历史主义与文学批评》，北京：北京大学出版社1993年版，第3页。

作的相形见绌的努力所无法想象、当然更无法企及的"[1]。也就是说，格氏认为政治与文化的功能性区别可以在经济领域内使私转化为公，而且是资本主义优越性的表现。

为进一步辩论，他从詹明信的观点出发——假设"政治与诗学果真不分"——推演可能产生的结果。他把中国20世纪60年代政治与诗学合一的特殊状态，作为詹明信观点的"历史案例"进行反驳，并得出结论：中国"文化大革命"中那种政治与诗学不分的情况，仍会出现詹明信归咎于资本主义的情况，即自我会在自身的言语中异化，单个主体的存在变得缺乏价值，人们对时间、变化的感受变得无动于衷。为表明格林布拉特并非单纯地反对当代中国，有必要继续举出他后面的假设性例证：假如美国由一位电影演员当政（代表身兼艺术家与政客双重身份），并使他忽略想象与现实区别，美国人仍然不会感到自由自在。也就是说，格氏深信无论在资本主义还是社会主义社会，政治与诗学的统一都不会带来自由。

格林布拉特还指出，詹明信无视艺术性话语和社会性、政治性话语的区别的情况早已有之，并坚持认为这种能致人异化的力量的执行者和媒介就是资本主义；并且在"个人"（坏的）与"单个主体"（好的）之间存在着对立，正

---

1. [美] 斯蒂芬·葛林伯雷:《通向一种文化诗学》, 载张京媛主编:《新历史主义与文学批评》, 北京: 北京大学出版社1993年版, 第3页。

是资本主义的政治与诗学分化所表征的公私分化，才使"单个主体"异化成为不好的"个人"。詹明信坚信人类的主体性、政治与诗学统一的整体性，都将存在于无阶级的未来社会中。在此，我们可以明显地看出詹明信所代表的马克思主义立场，而格林布拉特则从资本主义社会中寻找到更多合理性。

值得提醒的是，詹明信的乌托邦幻想与西方马克思主义内部的精神困境有关。莫里斯·迈斯纳认为，在西方发达国家中，马克思主义由于缺乏乌托邦精神，逐渐变为一种使自身适应资本主义国家社会改良主义的思想体系，而"共产主义乌托邦"正是同这种马克思主义缓和化过程相抵抗的精神力量。[1]并且乌托邦关于未来的幻想，不仅能使人们意识到现状的不完美，还能促使人们按照乌托邦的理想来改造现状。[2]在此我们会忆起曼海姆的告诫"如果放弃了乌托邦，人类就会失去塑造历史的愿望"。尤其是，詹明信清醒地意识到晚期资本主义的现实——剥削，剩余价值的榨取，大幅度的无产阶级化，以及对此以阶级斗争的形式作的抵抗，再次在世界范围内出现时，"传统"马克思主义

---

1. ［美］莫里斯·迈斯纳：《马克思主义、毛泽东主义与乌托邦主义》，张宁、陈铭康等译，北京：中国人民大学出版社 2013 年版，第 20 页。
2. ［美］莫里斯·迈斯纳：《马克思主义、毛泽东主义与乌托邦主义》，张宁、陈铭康等译，北京：中国人民大学出版社 2013 年版，第 15 页。

必定会再度变得真实起来。[1]

看来，格林布拉特并未意识到"共产主义乌托邦"的合理之处，仍对《政治无意识》贯穿着的人类原罪意味和末日说进行了嘲讽。他指责詹明信将哲学命题放诸未来，诉诸并不存在的经验事件，致使他的哲学问题最终被放逐，被一种政治乌托邦所化解。而矛盾的是，文学不仅是堕落异化的标志还成为并不存在的希望，在政治乌托邦中发挥出独特的力量[2]，文学的独特性死灰复燃，这是詹明信本人所没有意识到的悖论。总之，格林布拉特仍旧对经式的、乌托邦式的结局进行了解构，并在"共产主义"乌托邦中把文学从政治想象性的命运中召唤出来。可以说格氏的解构主义批评非常到位，但站在资本主义立场的他，看来并未思考有关资本主义社会和未来发展的问题。

如果将詹明信和格林布拉特观点中的关键词进行概括归纳，可以得到下列几组二元对立：政治与诗学统一和政治与诗学分化，公私不分和公私分化，整体性和独特性，还有当代中国的文化政治和当代美国的文化政

---

1. ［美］弗雷德里克·詹明信：《60 年代：从历史阶段论的角度看》，载张旭东编：《晚期资本主义的文化逻辑》，北京：生活·读书·新知三联书店 1997 年版，第 394—395 页。

2. ［美］斯蒂芬·葛林伯雷：《通向一种文化诗学》，载张京媛主编：《新历史主义与文学批评》，北京：北京大学出版社 1993 年版，第 4 页。

治，及其所分别代表的社/共产主义和资本主义。二人为何会在文学与政治之关系问题上产生如此对立的观点呢？最根本的就是后结构主义理论和西方马克思主义的区别。

　　其实政治与诗学的关系问题，也是詹明信的马克思主义理论和阐释实践中一以贯之的问题，除了《政治无意识》，在《晚期资本主义的文化逻辑》中他也进行了专门的探讨，并且把当代中国作为 20 世纪 60 年代世界"大解放"的重要组成部分，以此来阐释其"民族寓言"观点。詹明信认为，第三世界的文本均带有寓言性和特殊性，应将其作为民族寓言来阅读，特别在其形式是从占主导地位的、西方表达形式的机制（如小说）中发展起来时。因为，资本主义文化的决定因素之一是西方现实主义的文化和现代主义的小说，它们在公与私之间，诗学与政治之间，性欲、潜意识领域和阶级、经济、世俗政治权力的公共世界之间产生严重的分裂。换句话说，西方和第三世界文学的区别就是弗洛伊德与马克思对阵。因此他认为，政治因素在西方资本主义小说中较为突兀，应归咎于公与私、政治与诗学之间的分化分裂；而第三世界文本是以民族寓言的形式将政治与文学结合，甚至那些看起来是关于个人和利比多趋力的文本，也总是以民族寓言的形式来投射一种政治：关于个人命运的故事包含着第三世界的大众文化和社会受到冲击的寓言。[1]

　　同样是关于政治与诗学，新历史主义者认为政治与诗学同样重要，文学性文本与非文学性的社会文本都是历史诗学研究的重要参照，这一观点的假设性前提是文学与政治是分离的。除此之外，还要提一下格氏的"自我塑型"理论，在"自我塑型"过程中，会受到恶魔式的异己和权威的影响，"自我"通过权威意识辨识那些不规则的或混乱的、虚构性的或否定性的象，这些混乱的形象通常会滑入恶魔般的形象中，异己便被构想为权威的扭曲形象。[2]格氏正是将詹明信及其观点塑造为对立的异己并逐步将其解构，而把新历史主义、后结构主义和资本主义作为/树立为权威，才形成了自我的观点和理论体系。

　　然而，格氏在解构詹明信的理论观点和阐释策略时，也暴露出自身阐释机制的漏洞。首先，他指出对方逻辑上的混乱后反而遵照这一逻辑进行反驳，丝毫没有意识到自己已重蹈覆辙；其次，格氏的解构批评具有说服力却存在着故意反其道而为之的意味，除了这场通过发现/伪造

---

1. ［美］弗雷德里克·詹明信：《处于跨国资本主义时代中的第三世界文学》，载张旭东编：《晚期资本主义的文化逻辑》，北京：生活·读书·新知三联书店1997年版，第523页。
2. ［美］格林布莱特：《〈文艺复兴自我造型〉导论》，赵一凡译，载中国社会科学院外国文学研究所《世界文论》编辑委员会编：《文艺学和新历史主义》，北京：社会科学文献出版社1993年版，第85—86页。

"异己"来塑造"自我"的辩驳本身，新历史主义者试图打破文学性文本与社会性文本的界限，突破现实与虚构的隔阂，也是一种类似于整合政治与诗学的工作，那么格氏的文化诗学研究与其反对的政治与诗学合一的状态确实本质不同吗？

第二节　资本主义文化的虚伪性或优越性

格林布拉特的辩驳尚未结束，为进一步探讨他把弗郎索瓦·利奥塔的观点也置于反驳的对立方。利奥塔认为资本设置单一语言，即巴赫金所谓的独白话语——"资本要的就是单一的语言和单一的体系，它一刻不停地提醒我们"。[1]格林布拉特发现，詹明信和利奥塔分别从资本主义将话语领域划分或结合两个完全相反的论断，最终都得出资本主义话语具有虚伪性这一结论。

关于这一结论，利奥塔以奥斯维辛集中营来论证的过程在此不再赘述；而詹明信在《晚期资本主义的文化逻辑》中的阐释则更具有参考价值。他认为晚期资本主义文化和第三世界的文化存在巨大差别，作为前者的美国文化因公私分化而分裂，而作为后者的中国当代文学却以寓言形式

---

1. 转引自［美］斯蒂芬·葛林伯雷：《通向一种文化诗学》，载张京媛主编：《新历史主义与文学批评》，北京：北京大学出版社1993年版，第4页。

结合了文学与政治因素。

在《晚期资本主义的文化逻辑》中，詹明信首先高度肯定了 20 世纪 60 年代的中国文学及其政治性功能。他认为，所有第三世界的文化不能被看作人类学所称的独立或自主的文化，相反显现出了第三世界文化同第一世界文化帝国主义进行搏斗时，这些地区的经济受到的资本影响，或者也可以委婉地称为现代化的渗透。因此对第三世界文化的研究，必须包括从外部对资本主义文化重新进行估价，[1] 也就是"以中国为参照"来反思资本主义制度中旧文化的弊端。

詹明信还特别强调第三世界文化和第一世界文化的动力在结构上的差异。在西方，政治参与按照惯例是以公私分裂的方式而受到遏制和重新被心理化或主体化的。而在第三世界文化文本中，心理学或者更确切地说利比多，更应该从政治和社会方面来理解。[2] 西方的两种原则之间的矛盾，特别是公与私、政治与个人之间的矛盾，早已在古代中国就被否定了。而在第一世界中，自以为是世界主宰的美国人正处在与奴隶主相同的位置，这注定资本主义文化

---

1. ［美］弗雷德里克·詹明信：《处于跨国资本主义时代中的第三世界文学》，载张旭东编：《晚期资本主义的文化逻辑》，北京：生活·读书·新知三联书店 1997 年版，第 521—522 页。
2. ［美］弗雷德里克·詹明信：《处于跨国资本主义时代中的第三世界文学》，载张旭东编：《晚期资本主义的文化逻辑》，北京：生活·读书·新知三联书店 1997 年版，第 526 页。

会沾染上心理主义和个人主观的"投射"。而基于自己的处境，第三世界的文化和物质条件不具备这种心理主义和主观投射，正是这点能够说明第三世界文化中的寓言性质，即是在讲述关于个人或个人经验的故事时，最终也包含了对整个集体本身经验的叙述。[1]

寓言精神具有极度的断续性，充满了分裂和异质，带有多种解释而并非对符号的单一表述，寓言的容纳力能引起一连串性质截然不同的意义和信息。[2]寓言结构远远不是使政治和个人或心理的特征戏剧化，而趋向于以绝对的方式从根本上分裂这些层次。詹明信说："我们感觉不到寓言的力量，除非我们相信政治和利比多之间有着深刻的分歧。"在西方，寓言的作用重新证实而非抵消了西方文明所特有的公私分裂，因此他很质疑，第一世界公与私的社会鸿沟所产生的客观后果，能否由智力诊断或由某些理论而废除。他认为，与其说寓言结构不存在于第一世界的文化文本中，不如说它存在于西方人的潜意识里，必须被诠释才能解码，而这种诠释机制包括一整套对第一世界的社会

1. ［美］弗雷德里克·詹明信：《处于跨国资本主义时代中的第三世界文学》，载张旭东编：《晚期资本主义的文化逻辑》，北京：生活·读书·新知三联书店1997年版，第545—546页。
2. ［美］弗雷德里克·詹明信：《处于跨国资本主义时代中的第三世界文学》，载张旭东编：《晚期资本主义的文化逻辑》，北京：生活·读书·新知三联书店1997年版，第528页。

和历史情况的批判。而同资本主义文化文本的潜意识形式的寓言相反，第三世界的民族寓言是有意识和公开的——这表明政治与利比多动力之间存在着一种客观联系。[1]

下面重返这场辩论，作为对立方的格林布拉特认为，詹明信和利奥塔论证的殊途同归，是因为资本主义对于马克思主义者来说只是一种邪恶的哲学原则。他不无嘲讽地说，他们对于艺术与社会，或者两种互不相同的话语实践之间的历史关系问题的圆满回答，似乎只能仰仗一种将历史矛盾化解为道德需要的乌托邦式想象。[2]

我们注意到，这三位理论家都将艺术和社会问题诉诸政治哲学层面，而格林布拉特又指出其他两位在批评政治制度时忽略了经济层面，还将他们观点的对立追溯到后结构主义和马克思主义理论的差异上。

在指出不足和差异之后格林布拉特又峰回路转，借用对立方的观点进行自我阐释。他认为，探讨资本主义文化中的艺术与社会之关系问题，必须同时注意到詹明信所说的功能性区别的构成和利奥塔所说的一统化冲动。就资本主义自身的特点而言，既不会产生那种一切话语都能共处

---

1. ［美］弗雷德里克·詹明信：《处于跨国资本主义时代中的第三世界文学》，载张旭东编：《晚期资本主义的文化逻辑》，北京：生活·读书·新知三联书店1997年版，第535—536页。

2. ［美］斯蒂芬·葛林伯雷：《通向一种文化诗学》，载张京媛主编：《新历史主义与文学批评》，北京：北京大学出版社1993年版，第4—7页。

其中、也不会产生那种一切话语都截然孤立的政治制度，只会产生趋于区分的冲动和趋于独白的冲动在其中同时作用，或者是急速振摆使人以为它们在同时作用的政治制度。格氏把问题放在资本主义中进行谈论，他认为，关于资本主义文化中艺术与其他话语之间的关系，可以得到两种明显矛盾对立的说法，是因为审美与真实之间的功能性区别的对立和取消可以同时发生，这正是 20 世纪末美国资本主义的特点，也是艺术与资本的关系状态中不同的趋向长远发展的结果。格氏认为："独白的话语成分——一系列间断性的话语，或者是兼容一切话语的独白性话语——在其他社会经济体系中都可能得到充分的表述；唯独资本主义总是在两极之间令人头晕目眩地、仿佛没完没了似的流通。"[1] 正是这种并非固定在某一位置而是不停歇的振摆，才是资本主义独有的力量。

格林布拉特提出资本主义文化中艺术与社会的关系，是在分化与统一之间摇摆震荡、不停"流通"，我们会发现其中对于文化运动状态的极端性的强调，以及对于资本运行机制及其制度优越性的肯定性理解。格氏的资本主义政治立场，使他更容易接受美国文化政治的运行机制，因此才会把文化与政治的功能性区别在对立与取消之间辩证

1.［美］斯蒂芬·葛林伯雷：《通向一种文化诗学》，载张京媛主编：：《新历史主义与文学批评》，北京：北京大学出版社 1993 年版，第 7—10 页。

"流通",看作是美国文化的独特性。

在此格林布拉特乃至整个新历史主义流派暴露出自身的复杂性。《文艺学与新历史主义》一书曾提醒道,新历史主义是对"左倾"批评思潮的复兴与变异,但不可避免地带有发达资本主义精神异化的印记,并且因其杂芜松散,缺乏整体目标和统一基础,而愈发暴露出自身的矛盾与局限。因此,最好把它当作一种与传统左派和经典马克思主义文论不无联系、却又不能简单等同的复杂现象。[1]就格林布拉特本人来说,资本主义的影响显然已经超过马克思主义的影响。

作为当代中国人,我们会发现格氏的辩证方法借用的正是黑格尔的辩证法。除此之外,政治与艺术的功能性区别在分立与统一的两极互相摇摆,也是我们对中国文化状态作共时性和历时性研究后得出的结论。也就是说,无论什么样的政治经济体制,艺术性与社会性文本的功能之间都存在着趋于分化和趋于统一两种极端状态,格林布拉特所谓的美国文化的独特性,放在整个世界文化历史中也只是较为普遍的状态。那么,如果我们返回到中国问题本身,中国的 20 世纪 60 年代时期是否真的像詹明信或格林布拉特所塑造和阐释的那样呢?

---

1. 中国社会科学院外国文学研究所《世界文论》编辑委员会编:《文艺学和新历史主义》,北京:社会科学文献出版社 1993 年版。

第三节　当代中国文化的政治性

应该说，返回中国历史也就是返回中国的历史书写。詹明信认为历史不是文本，因为从根本上说历史是非叙述的、非再现的；不过，又可以附带一句，除非以文本的形式，否则历史是无法企及的，或者换句话说，我们只有通过文本化的形式才能够接触历史。[1] 我们所接受到的中国历史，主要是马克思唯物主义历史观和辩证主义历史观、历史决定论和宏大叙事的历史文本，其他非主流的历史书写或历史叙事，经常会遭遇不被认可或被禁的命运，因为主流学界的评价标准仍旧是"真实"与"虚构"。但新历史主义提出历史书写也是一种文学虚构，因为历史和文学共用同样的隐喻性话语方式，因此我们也应对历史的意识形态性保持自觉，尽量避免统一化所带来的主观性、虚构性和排他性。[2]

那么中国 20 世纪 60 年代的文化政治状态，是否就是

---

1. 转引自盛宁：《二十世纪美国文论》，北京大学出版社 1994 年版，第 270 页。
2. 日本学者沟口雄三等人指出，中国历史文本存在大量的主观性和虚构性。那么，中国主流的历史文本和历史阐释，或者说中国主流学界在塑造中国形象这一问题上，背后的意识形态因素具体有哪些？中国的历史文本是如何解决和对待现实与虚构的问题呢？中国的历史学科在后现代主义的社会文化中，面对其挑战又会如何应对呢？这些问题现在还无法解决和阐释清楚，但我希望历史学科内部能够像文学领域一样，抛开成见，敢于接受各种新的理论观念和研究方法。

格林布拉特所谓的"政治与诗学果真不分",又是否就是詹明信所设想的是无阶级社会中政治性、社会性文本和诗性文本之间取消功能性区别的状态呢?这些观点其实只是不同的理论阐释,它们最根本的区别在于立场和意识形态上的差异。詹明信大概是从对资本主义弊端的批判出发,要取消政治与诗学之间的区别,阻断公私分化的各种诱因,实现人的主体性和社会的统一性。也可以说,他的理论观点起因于某一政治理念(或想象)最终又归于这一政治理念(或想象)。

当代中国的文化文本确实具有鲜明的政治诗学特点,譬如新中国成立后的红色经典小说、样板戏、革命诗歌、广场戏剧,还有街头大字报、革命口号、革命歌曲等艺术形式,都存在着将革命语言纳入诗性语言,将政治符号渗透到公共政治生活和日常私人生活之中的特点。到20世纪60年代,文学艺术确实成为革命政治所征用的对象,成为宣传鼓动革命的媒介,政治性因素甚至直接干预艺术和日常生活领域,艺术文本和社会文本逐渐趋于统一,并达到某种程度上的极端。

从中国当代历史的具体语境来说,詹明信关于第三世界的"民族寓言""政治知识分子"的观点确有其合理性。詹明信从20世纪60年代这一历史阶段划分,来考察这一大解放时代的特质:从后卢卡奇主义或更接近于马尔库塞主义的"新左派"来看，中国的60年代意味着无阶级形态的、新历史主人公的涌现；从后结构主义角度来看，它意味着被殖民者争夺到了用集体声音说话的权利，而这种新的声音在过去的世界历史舞台上未曾出现过。同时，它一经产生就打发了过去自称替他们说话的中间人，即那些自由主义者和第一世界的知识分子；最后，还有那些独立的人们所提出的更为贴切的政治修辞，或者为新集体"身份"而产生的更侧重心理和文化的修辞。[1]詹明信还认为，在第三世界中知识分子永远是政治知识分子，是文化知识分子同时也是政治斗士，是既写诗歌又参加实践的知识分子。[2]

但是当我们返回到当代中国的历史阐释时，我们会发现，在不同的评价和阐释机制中，关于20世纪60年代文本中艺术与诗学独特性的评价，却存在贬抑与张扬的不同状态。这就是新历史主义者所宣称的，批评与文本的关系是相互影响的"同谋者"关系。在这些广义的文化文本中，无论政治性、社会性因素如何强势地压倒、遮蔽诗性因素，

---

1. ［美］弗雷德里克·詹明信：《60年代：从历史阶段论的角度看》，载张旭东编：《晚期资本主义的文化逻辑》，北京：生活·读书·新知三联书店1997年版，第345页。

2. ［美］弗雷德里克·詹明信：《处于跨国资本主义时代中的第三世界文学》，载张旭东编：《晚期资本主义的文化逻辑》，北京：生活·读书·新知三联书店1997年版，第530页。

艺术形式仍然是无法抹杀的存在。并且从 20 世纪 80 年代倡导的"重写文学史"批评实践开始，当代的文化文本中那些意识形态所无法遮蔽的诗性、民间性、暧昧性和虚构性因素逐渐被发掘出来。这些具有诗性特质的因素，有助于祛除意识形态的遮蔽，还原诗性文本的独特意义。而那些社会性、政治性文本与其说属于纯粹的文学、艺术领域，不如将其纳入广义的文化领域，尤其新时期以来，是否具有文学性或诗性仍是评判文学与非文学的标准，在艺术领域也是如此。在此，政治与诗学的辩证关系显现出来：文学、艺术对既有权力结构具有内在的颠覆作用，但在与主导意识形态保持相对独立性的同时，又必须依靠其权威来构成自己的"他者"力量。[1]

因此不难看出，20 世纪 60 年代的中国文学确实存在政治与诗性的合作，但詹明信所说的取消社会性文本和诗性文本之间的功能性区别的状态，以及格林布拉特关于中国 20 世纪 60 年代是"政治与诗学果真不分"的判断，都并不完全符合当代中国的文化政治状态。詹明信的阐释可以概括为一种站在过于纯粹立场上的、纯粹哲学层面的乌托邦幻想，而格林布拉特的判断则因追求二元对立而显得过于绝对，忽略了其中的复杂性。

---

1. 王岳川：《新历史主义的文化诗学》，《北京大学学报》1997 年第 3 期。

　　最后作为阐释者和当事人，在进行阐释时自然免不了一些前见和偏见——风格即局限，立场即偏见。因此，在阐释文化文本时不仅要考虑到创作语境、接受语境和批评语境，同时也要意识到求助于语境是具有欺骗性的，没有人可以获得真正的语境，更为糟糕的是，语境同研究的文本之间的关系构成阐释中难以解答的问题。因此还需要对他人和自我的阐释模式保持清醒的自觉，在批评理论中进行反思和自我反思，从理论上探讨假定和论据，表明自己话语的立场。[1] 这种具有政治批评倾向和话语权力解析功能的批评、研究方式，就是"文化诗学"或"文化政治学"，这也是人文学科应向新历史主义借鉴之处。

　　总之，批判政治立场的对错并非研究的目的，我们希望通过研究西方理论家笔下的"中国"，剖析西方塑造中国形象、评价中国问题的阐释机制，揭示叙述话语和阐释策略背后的理论立场和意识形态意图，祛除遮蔽，寻找真实，并在反思与借鉴的基础上思索中国问题的解决之道。

---

1. 张京媛:《前言》，载张京媛主编:《新历史主义与文学批评》，北京:北京大学出版社 1993 年版，第6—7 页。

第三章　元史学视域中的"转义的中国"
——纪念海登·怀特[1]

美国著名历史哲学家海登·怀特于当地时间 2018 年 3 月 5 日辞世。他是 20 世纪 80 年代美国历史哲学领域的"新历史主义"思潮的代表，对人文学科和人类思维方式产生了重要的影响。虽然海登·怀特是西方史学界的泰斗，但就笔者目前掌握的资料来看，他本人的研究很少涉及中国问题，只有不多的思绪触及"改革开放"以来的中国经济、"大跃进"以及中国古代制度等。这些中国因素虽然只是作为元史学理论的例证、比较对象或参考对象来使用，但是我们可以反过来把这些中国因素作为透视其元史学阐释方式的一种参考，尤其是展开一种对海登·怀特"元史

---

1. 本章作者为李缙英、曾军。

学"理论的"有限性分析"的视角。

第一节 海登·怀特思想中的中国因素

1928 年 7 月 12 日，海登·怀特出生于美国田纳西州的马丁，在韦恩州立大学获得学士学位，在密歇根大学获得硕士和博士学位，毕业后担任过美国斯坦福大学比较文学系教授和加州大学圣塔克鲁斯分校历史系荣誉教授。海登·怀特的学术思想主要受亚里士多德、马克斯·韦伯、让-保罗·萨特、梅洛-庞蒂、罗兰·巴特等理论家的影响，主要研究历史理论。[1]

海登·怀特的"元史学"理论是美国历史哲学领域"语言学转向"的重要代表，解构了历史与文学之间的界限，同时解构了历史话语的客观性和科学性。元史学是对史学的理论反思，是对"史学究竟为何的思考"。首先，从历史文本的语言层面来说，他坚信历史文本通常是以日常经验的语言和叙事方式来描写和阐释的，这样历史文本就难以摆脱文学语言的影响，带有"文学性"或"修辞性"的特点，也就是说历史语言并非"科学的"话语，而历史话语使修辞之间的联系成为一种比喻性关系而非逻辑关系；

---

1. 海登·怀特的相关信息参考了"维基百科"，详见 https://en.wikipedia.org/wiki/Hayden_White。

其次，他从历史编纂的叙事层面入手，提炼出了编年史、故事、情节编排模式、论证模式和意识形态含义模式，[1] 还概括出三种阐释策略和四种言说模式。[2] 海登·怀特指出，在历史编纂过程中，史学家通常以某种比喻形态将一系列事件情节化以显示不同的意义——这也就是怀特的"转义"理论。转义本来属于修辞的一部分，是"比喻"的文学用语的表达方式。在怀特的理论中，转义既是从一种有关事物关联方式的观念向另外一种观念的转换，也是事物之间产生关联的方式，这种关联使得事物能够用语言加以表达，同时又考虑可以用其他方式来表达的可能性。[3] 但在叙事和修辞的过程中并没有任何决定论的因素；海登·怀特又在解构话语策略和修辞模式的基础上，从社会文化层面出发，揭示出叙事并非纯粹中性的再现形式，其中包含着复杂的意识形态内涵和权力关系；而且，更为重要的是，他并未停留在语言和叙事层面，而是深入到了人类意识的存在形态层面探讨"转喻"问题。他指出我们通常所说的"理解"，其实是将我们感觉陌生的东西转化为熟悉的过程，以

---

1. [美] 海登·怀特：《后现代历史叙事学》，陈永国、张万娟译，北京：中国社会科学出版社 2003 年版，第 2 页。

2. [美] 海登·怀特：《序言》，载《元史学：十九世纪欧洲的历史想象》，陈新译，南京：译林出版社 2009 年版，第 1—2 页。

3. [美] 海登·怀特：《导言》，载《话语的转义：文化批评文集》，董立河译，郑州：大象出版社 2011 年版，第 3 页。

此为我所用或通过联想而认识它们，因此人类"理解"的思维过程在本质上是"转喻性"的。[1]总之，海登·怀特不仅解构了历史的真实性和科学性，同时解构了人类思维方式的逻辑性。

海登·怀特的这一研究不仅在历史研究领域，同时对整个人文学科和人类认识世界、改造世界的思维方式都产生了影响。他解析了贯穿形而上学和日常生活层面的话语修辞构成，揭示了日常生活微观政治的权力关系和形而上学的意识特质。其中，中国是他文本解析和理论阐释的对象之一。虽然只是作为论证材料或参考资料，但通过这些中国因素却可以透析怀特"元史学"的思想基础、转义策略以及理论限度。从某种意义上说，对怀特学术思想中中国因素的"有限性分析"（其内涵接近阿尔都塞的"症候性阅读"），恰恰能够使我们在其学术思想的边界处获得反观怀特元史学思想核心的独特位置。

海登·怀特元史学视域下的"中国"主要包括：在《元史学》中解读黑格尔的历史哲学理论时，海登·怀特指出黑格尔把古代中国作为东方历史情节四个阶段的第一阶段，古代中国被说成是将臣民和君主视为一体的"神权专制统治"，并强调"中国是非常特殊的东方式的"。由于海

---

1. 盛宁：《二十世纪美国文论》，北京：北京大学出版社1994年版，第259页。

登·怀特认为，世界历史只有在意识自身的形态下才能被理解，所以中国这种主观性的、隐喻式的理解历史实在的模式，就是他所说的东方历史发展的第一种形态[1]；在《历史的情节建构与真实性问题》一文中，海登·怀特把中国"大跃进"作为对比的例子，来质疑"纳粹主义与最终判决"的研究能否像"大跃进"这些历史事件一样可以被无限度的阐释。他借助这一对比探讨了历史情节建构与真实性问题之间的关系[2]；在 2013 年海登·怀特与中国记者展开了关于启蒙现代性与当代中国经济的讨论，他从反思启蒙话语与资本主义的关系角度，提出启蒙现代性和新自由主义会破坏社会 / 共产主义的纯洁性，并预言"中国进入资本主义将会是灾难性的"。[3]

但需要注意的是，海登·怀特对中国并不熟悉，他对古代中国的看法可能来源于二手的海外汉学文献；对当代中国的看法也更多只是观念层面的推演，并没有多少来自现实的实证。因此他对中国的观点并不能完全反映出中国的真实历史状况（海登·怀特本人也对历史的真实性持怀

1. ［美］海登·怀特：《元史学：十九世纪欧洲的历史想象》，陈新译，南京：译林出版社 2009 年版，第 153—158 页。

2. ［美］海登·怀特：《后现代历史叙事学》，陈永国、张万娟译，北京：中国社会科学出版社 2003 年版，第 324—344 页。

3. 孙麾、［美］海登·怀特：《中国进入资本主义将是灾难性的》，《中国社会科学报》2013 年 6 月 26 日。

疑态度）。因此，本章无意对海登·怀特的中国论述进行针锋相对的辩论，而是想借此引出一个重要的问题：作为西方学者，海登·怀特的研究是如何抵达自己的思想边界的？即如何通过对一个想象性的他者（中国）的思考，来反思西方思想和文化自身的局限性的？而这些恰恰成为怀特在"文学"与"历史"之间穿梭，在"真实"与"虚构"之间游走，在"科学"与"隐喻"之间对话的重要补充。

第二节　作为东方文明的古代中国：海登·怀特对启蒙与历史关系的解构

2013年5月9日至11日，海登·怀特在美国维思里安大学参加了由该校和中国社会科学杂志社联合举办的"第二届中美学术高层论坛"。会后《中国社会科学报》记者孙麾和海登·怀特进行了有关启蒙和中国问题的对话讨论。这是探讨海登·怀特对中国问题看法的文献依据，也是管窥西方理论界对中国看法的重要资料。

本次论坛以"比较视域下的启蒙"为主题，因此记者和海登·怀特从启蒙角度谈起并逐渐涉及中国问题。启蒙思想家声称启蒙能使人类脱离自身的不成熟状态，并将其看作投向自然、社会和文化诸领域黑暗处的"光"，是指向曾使大部分人类臣服于无知、迷信与专制的压抑力量，意在唤醒和教育人类追求自由。而海登·怀特却指出，在康德看来启蒙是意志和意愿之事而非知识和理性，是自由的结果而非其先决条件。意大利哲学家维柯也从历史研究中发现，真理高于错误、心灵高于身体、理性高于激情、光明高于黑暗的区分并非从来如此。[1] 按照维柯的观点，文明和理性通过设置形而上学的二元对立，将光明与黑暗、文明与野蛮对立起来并产生高低优劣之分，也就是说，"光"是被启蒙思想家提升到科学理性之符号的地位，而提升的方式是隐喻性修辞。因此，与其把"启蒙"和"理性"看作概念，海登·怀特更倾向于揭示其中的转义策略。

海登·怀特关于康德、维柯理论的研究在《元史学》中就有所体现，对启蒙与历史、历史意识与历史实在的关系问题的探讨也是贯穿《元史学》始终的核心线索。其中，海登·怀特非常重视黑格尔在《历史哲学》对世界历史的四个时期（野蛮状态、东方文明、中亚和罗马）以及东方历史的四个时期（中国、印度、波斯和埃及）的划分。他认为它们分别对应了四种以转义形式理解世界和历史的意识模式。黑格尔把中华文明看作东方历史的第一个阶段：在古代中国，个人与公众、道德与法律、过去与现在、内在世界与外在世界之间没有刻意的差别，统治者与被统治

---

1. 孙麾、[美]海登·怀特：《中国进入资本主义将是灾难性的》，《中国社会科学报》2013 年 6 月 26 日。

者、主体与客体在形式上也被联合起来，这是一个纯粹主观性的世界，而这种主观性主要集中在皇帝身上。在此，黑格尔把东方文明比作意识的觉醒，海登·怀特则将这一观点阐释为人类意识到以比喻理解世界的可能性。[1]那么，黑格尔和海登·怀特为何把中国作为古代东方历史的第一个阶段呢？黑格尔是从古代文明的政体特点出发做出的判断，而海登·怀特则是以隐喻、转喻、提喻和反讽这四个符号修辞的主型构成一个符号矩阵推演出世界演化的四段，古代中国恰好符合第一种隐喻式的模式。在此，海登·怀特借黑格尔的历史哲学研究指出，人们在理解自然和历史这些客体时表现的连贯性不过是一种意识或心灵的功能，这些历史编纂学和历史研究方法不过是人类意识（具体表现为语言学）的产物而已。

　　在此可以发现，海登·怀特解构启蒙和历史的观点，实质上是以转义（或修辞）作为理论假设的前提和方法论的。而在进一步阐释之前，我们有必要补充他的认识论前提、理论前提和批评立场。新历史主义历史认识论的前提，可以用詹明信的观点加以概括，即历史在本质上是非叙事和非再现性的，而我们只有通过预先的文本化才能接近历

---

1. ［美］海登·怀特：《元史学：十九世纪欧洲的历史想象》，陈新译，南京：译林出版社 2009 年版，第 154 页。黑格尔论"东方文明"的内容，参见［德］黑格尔：《历史哲学》，王造时译，上海：上海书店出版社 2001 年版。

史 [1]；海登·怀特历史叙事理论的前提是相信历史叙事中的诗性预构先于理性阐释，因为通常史学家通过建构一种推理论证来阐述故事，推理论证又需要作为诗性建构结果的语言规则来实现。而在海登·怀特看来，这些建构发生在理性阐释之前因而也是预构，既然预构行为普遍具有前认知和未经批判的特性，自然也隶属诗性的范畴 [2]；针对历史叙事的话语修辞策略和意识形态因素，海登·怀特提出，想要形成一种真正历史主义的科学概念，必须采纳一种超越科学正统的元科学立场，而元史学研究就是对历史的元科学研究。总之，海登·怀特认为历史语言遵循文学语言的比喻性修辞策略，因而是一种遵循美学或道德原则的话语修辞，这些因素构成了"历史"的深层结构和深层意义。这些历史叙事中的转义模式和话语规则就构成了元史学基础，而质疑为什么某种论断被设计出来阐释历史，探究这种论断有什么指涉和意图，就是元史学要做的。[3]

对此，我们必须指出，海登·怀特在反思启蒙理性的同时推行了元史学和转义理论，而这些理论更多的是以形

---

1. ［美］弗雷德里克·詹姆逊：《政治无意识》，王逢振、陈永国译，北京：中国社会科学出版社 1999 年版，第 70 页。

2. 陈新：《译者的话》，载［美］海登·怀特：《元史学：十九世纪欧洲的历史想象》，陈新译，南京：译林出版社 2009 年版，第 3—4 页。

3. ［美］海登·怀特：《序言》，载《元史学：十九世纪欧洲的历史想象》，陈新译，南京：译林出版社 2009 年版，第 3 页。

式主义假设的方式提出的。元史学研究确实具有一定的合理性，然而它最大的可疑之处在于"语言决定论"和自我阐释、自我循环的阐释机制。当新历史主义者在解构整个人文学科的科学性、逻辑性，揭示概念背后的虚构性本质时，我们也应意识到，他们所假设的理论同样也是话语修辞和思维方式的一种，是具有复杂意识形态内涵的修辞。

第三节　启蒙的意识形态，或当代中国的替代方案

如果说"古代中国"的讨论有助于我们把握海登·怀特以一种隐喻性修辞的方式来建构他的东方历史想象的话，那么，当他进一步展开对当代世界历史的反思时，"当代中国"作为西方资本主义世界的他者，则成为他讨论启蒙的现代性与资本主义合谋问题时的重要参照。

在海登·怀特从意识形态国家机器的"规训"政治和资本主义全球化的经济剥削等方面说明了启蒙现代性和资本主义造成的诸种后果之后，中国记者孙麾再一次将这一问题置于当代中国的语境中，询问海登·怀特对于中国现代化的看法。对此，海登·怀特明确表示："新自由主义的意识形态如果引入中国，你就不得不照单全收。在意识形态上，你可以说我们将排除亚当·斯密，但在现实中，现

代化却无法与启蒙的意识形态共处一室。"[1] 他还坚信启蒙会引导一种特殊的、高度发达的资本主义的产生，即商业资本主义，因此启蒙的现代性后果不可避免地与资本主义挂钩，更糟糕的是，资本主义和新兴阶级会反对共产主义乌托邦的建构。也就是说，启蒙现代性、新自由主义和中国之间存在着内在的悖反性，会阻碍社会主义和共产主义的发展。这正如《新历史主义》文论集的编辑阿兰德·威瑟所说："恰当地描述资本主义文化的批评方法和语言也会参与并促进它们所描述的经济。"[2] 也就是说，海登·怀特发现，启蒙现代性与资本主义之间存在着合谋关系，启蒙话语和意识形态国家机器合作不仅可以维护资本主义，还会发挥"规训"作用，破坏社会/共产主义的纯粹性。但海登·怀特的意识形态批判中也存在着复杂的意识形态意蕴和权力关系。

在详细剖析海登·怀特的意识形态阐释之前，我们需要先了解新历史主义者独特的意识形态观点和政治立场，才能确保我们在双重阐释中保持清醒和自觉。新历史主义者宣称，他们的文学史研究逐渐以话语分析代替意识形态

---

1. 孙麾、[美]海登·怀特：《中国进入资本主义将是灾难性的》，《中国社会科学报》2013年6月26日。

2. Aram Veeser ed., *The New Historicism*, London: Routledge, 1989, pp.9—10. 转引自张进：《新历史主义与历史诗学》，北京：中国社会科学出版社2004年版，第53页。

批判，而从另一个角度来看，他们从未抛弃"意识形态"
概念，只是改变了它的内涵。他们更倾向于将意识形态理
解为诸种权力之间的关系。伽勒赫曾指出，新历史主义者
在关于社会冲突的起源、性质、场所以及有关表述问题的
看法等方面仍保留着"新左派"的观念。[1] 但他们并不同于
某些马克思主义批评家，并未要求重建阶级冲突的历史性
元叙事，也不把权力等同于经济或国家政治权力。他们认
为，权力的施行与抵抗都位于日常生活的微观政治中；权
力既是压制性的又是生产性的，渗透在社会、政治和文化
之间的控制与抵抗、巩固与破坏的关系中 [2]——这种权力观
念主要来自福柯的《性史》。除了"意识形态"观点，新历
史主义者的政治立场也很独特。他们在立场方面具有自觉
性，尽量在建构理论和批评实践中明确表明自己的话语立
场，并随时保持自我反省，从理论上探讨自己的假定和论
据。但同时，他们又具有政治立场非定向性的特点：他们
试图在政治归属上与马克思主义划清界限，强调自己的政
治独立性，追求以无定性的整体观照来看待历史，并认为
单一的政治立场和观点会将历史纳入"单一逻辑"的表述

---

1. 张进、高红霞：《论新历史主义历史文化诗学的作家主体观》，《燕山大学学
　报》2001 年第 3 期。
2. Kiernan Ryan, *New Historicism and Cultural Materialism: A Reader*, London:
　Arnold, 1996, p.50.

而掩盖其复杂面目（这也是受福柯学说的影响）。政治立场非定向性所具有的暧昧性、反复性很可能会产生自我矛盾，这在海登·怀特对启蒙话语的意识形态批判中体现得尤为明显。

在谈话中，海登·怀特认为启蒙并未真实地反映出社会现实，而更多地在西方现代化的进程中体现为国家工具和国家体制的建构，以及意识形态国家机器对公民的"规训"。他指出美国的国家机器（监狱、警察、学校和公共医疗等）是以暴力机器或微观政治的形式发挥作用的，而监狱里的非暴力性罪犯有八成是有色人种，说明了意识形态国家机器的运作存在着种族歧视和权力规训的现象，他还讽刺战争成了美国资本主义唯一的持续性。[1] 这些国家机器的规训不仅以政治权力和暴力斗争的形式存在，还以微观政治的形式施加到每个人身上，到了全球化时代甚至广泛地施行于全世界。可见，启蒙话语与资本主义合谋给全世界带来了政治、经济、军事和文化的全面改变。

因此，他建议中国应该"找到一条不同于美国资本主义的替代道路"，避开启蒙话语和商业资本主义，寻找实现共产主义的道路。对海登·怀特来说"美国资本主义是自杀性的"，对环境是"毁灭性的"，对社会团结也是灾难性

---

1. 孙麾、[美] 海登·怀特：《中国进入资本主义将是灾难性的》，《中国社会科学报》2013 年 6 月 26 日。

的[1]——这些观点又补充了他对于启蒙和资本主义的否定。从反思论述方法的角度来看，海登·怀特的阐释仍是形而上学的二元对立方式，通过否定他者来肯定自我。并且，怀特像绝大多数新历史主义者一样，在批评和解构对立面时往往容易陷入解构对象的思维漩涡中，他的理论假设可能会成为他消解的对象，解构方法也可能会陷入自我解构之中。这也正是另一位新历史主义者斯蒂芬·格林布拉特所谓的"发现/伪造异己以塑造自我"的过程：自我塑型发生在权威与异己相遇的时刻，而遭遇过程所产生的力量对于双方都意味着攻击，因此在这一过程中获得的自我也会包含着自我颠覆或剥夺的迹象。[2]这种新历史主义者的通病，也就是文化诗学所谓的"含纳"理论或"陷入圈套模式"。

第四节　元史学视域下的当代中国发展模式

在反思了启蒙现代性与政治经济制度的关系之后，海登·怀特说："我认为毛泽东是很伟大的，他想象了……一

---

1. 孙麾、[美]海登·怀特：《中国进入资本主义将是灾难性的》，《中国社会科学报》2013年6月26日。

2. Stephen Greenblatt, "Introduction," *Renaissance Self-Fashioning: From More to Shakespeare*, Chicago: University of Chicago Press, 1980.

种新的社会主义。"[1] 他热情地推崇毛泽东的共产主义设想，并概括出它的两大优势，一是拥有马克思主义的乌托邦精神，二是具有机体式的儒家社会团结观念。

这两大优势确实是中国特有的社会文化特点。首先，对于马克思主义者来说，乌托邦精神不仅展开了对现存社会制度的批判，还提供了新的社会秩序，因而不仅能使人们意识到现状的不完美，也促使人们按照乌托邦的理想改造世界。[2] 西方马克思主义的乌托邦精神已被视为无政府主义，并被实用主义所取代，因而对怀特来说，毛泽东的共产主义设想就成了最具有乌托邦意味的未来社会理想形态；其次，海登·怀特认为，儒家团结观念、集体主义精神和自由主义、个人主义相比更适于构建共产主义。但我们也应意识到这两大"优势"存在着复杂性：首先，构成中国人精神结构的乌托邦，不仅包括西方的乌托邦想象和马克思主义的乌托邦论述，还包括传统小农经济式的"桃花源"以及"大同社会"传统。而马克思主义的乌托邦精神主要存在于左派知识分子和社会改革家等少数社会群体中，因此，想要把乌托邦精神转化为社会改革的动力，还需要充

---

1. 孙麾、[美] 海登·怀特：《中国进入资本主义将是灾难性的》，《中国社会科学报》2013 年 6 月 26 日。

2. [美] 莫里斯·迈斯纳：《马克思主义、毛泽东主义与乌托邦主义》，张宁、陈铭康等译，北京：中国人民大学出版社 2013 年版，第 20 页。

分调动普通群众的能动性；其次，儒家的团结观念以封建等级制度和乡土社会的差序等级秩序为基础，在经历了反封建反传统的革命以及消费主义意识形态的影响之后，团结观念和集体主义早已遭受重创。除此之外，不知是否还有其他因素令怀特对共产主义设想满怀期待。

从另一个角度来看，海登·怀特对毛泽东共产主义设想的阐释存在诸多模糊之处，但仍可以推测出他所谓的"新的社会主义"并非纯粹的共产主义，而是一种建立在社会主义基础上的、超越资本主义的社会制度。虽然海登·怀特推崇毛泽东的共产主义设想，但他并不是以经典马克思主义的论断为权威，而是以资本主义为比较、批评和设想的基础，以未来中国来寄托他的乌托邦情怀。而"后资本主义"，即便是对资本主义的修正和改良，也仍然无法完全改变它的本质。在这里新历史主义的政治立场无定向性显露无遗。

在明确了海登·怀特的观点和经典马克思主义、西方马克思主义的不同之后，我们要继续质疑，怀特的观点与海外汉学界的"毛泽东主义的共产主义乌托邦"有何异同？这两种观点与其研究对象——毛泽东的共产主义设想是否一致呢？

美国有关毛泽东的汉学研究主要包括以费正清、史华慈、施拉姆为代表的哈佛学派，以魏特夫为代表的保守派，以及以佩弗、沃尔德为代表的新左派等。其中，马克思主义学者莫里斯·迈斯纳是研究"毛泽东主义"的代表性学者，海登·怀特对毛泽东共产主义设想的阐释就比较接近他的观点。迈斯纳肯定了毛泽东思想的乌托邦性质，但和海登·怀特的论述相比更具有辩证性。他一方面肯定了"后毛泽东"时代的领导人邓小平是实践派，另一方面又为共产主义的前途担忧。而海登·怀特在反思启蒙现代性和新自由主义的同时，仍然保持着对共产主义的积极幻想。通过比较可以发现，海登·怀特和迈斯纳确实在"毛泽东的共产主义乌托邦"方面观点相似。

而较早讨论"改革开放"以来中国经济发展方式问题的是美国未来学者赫曼·卡恩的著作《1979 年后的世界经济发展》，书中有关当代中国经济的看法引发了激烈讨论，社会学家彼得·伯格和戈登·瑞丁，研究东亚的专家罗德瑞克·麦克法奎尔和罗伊·霍福亨兹，以及作家约耳·科特金等都参与了讨论。后来，在亚洲又展开了一次关于东亚（中国）发展模式的讨论。[1] 由此可以断定，海登·怀特的观点和西方绝大多数相似的观点都是站在资本主义的立

---

1. 德里克在《对"中国式资本主义"模式的反思》一文中详细梳理了关于中国式资本主义讨论的谱系，并进行了反思和批判，参见［美］阿里夫·德里克：《跨国资本时代的后殖民批评》，王宁等译，北京：北京大学出版社 2004 年版，第 262—267 页。

场和视角来理解中国，都具有或多或少的资本主义意味。不过，海登·怀特并没有像绝大多数西方学者一样简单粗暴地将中国冠以资本主义的头衔，或者激烈地抨击资本主义因素，而是从反思启蒙和现代性角度，来阐释启蒙话语与社会主义之间的矛盾。这也是意识与实在的关系，或者具体来说是历史意识与历史实在的关系，这是海登·怀特元史学一直思考的问题。并且，他把中国看作实现共产主义乌托邦的最好土壤，而不是幻想资本主义发展到高潮并衰退之后，通过改革或革命来实现共产主义，他坚信托洛斯基和毛泽东的"可以超越资本主义而实现社会主义（共产主义）"的观点，这正是海登·怀特观点的独特之处。

因此，海登·怀特主张中国应该超越资本主义，远离启蒙和现代性的话语。他把中国社会的道路选择诉诸知识分子的职责和使命，而且具体到历史和哲学领域。也就是说，他并未把实现理想社会形态的设想诉诸经济或政治方面，而是寻求社会文化和少数群体的作用。但当代中国知识分子也分为很多种，根据政治立场和意识形态观念的不同，可以分为马克思主义知识分子和自由主义知识分子等。海登·怀特认为，资产阶级的价值观是以"一切都是自然的"为核心，因此自由主义知识分子认为资本主义在中国的扩张和后果是自然而然的；而马克思主义知识分子则对商品拜物教、金钱和权力持批判态度。因此，怀特认为，

"我们需要激进的历史书写方式",而"问题在于如何促进批判性的智识以反对官僚制"[1],他还提醒道,历史是人为塑造的过去,而乌托邦式的未来还需要知识分子在解构历史之后开启新的创造。也就是说,他认为坚持新历史主义的理论原则和马克思主义的立场,才能保证知识分子为共产主义发挥积极作用。

不难发现,海登·怀特的观点存在诸多自相矛盾和值得质疑的地方。首先,他对"改革开放"以来经济发展方式的论断,体现出政治立场的非定向性、折衷主义和经验主义倾向,他的观点与当代中国的社会现实也并不完全吻合;其次,从表面来看,中国式的经济发展方式对曾占主导地位的、欧洲中心主义的资本主义概念提出挑战,但并没有取代它,而是在资本主义范畴内提出一个新的选择,这样它也必然沾染了资本主义的霸权特征;中国式的发展话语也同样值得反思,这一话语把诸多混乱杂糅的思想价值观念归结为中国特色的文化价值系统,但这种"东方化"和"自我东方化"会使我们忽视其中的欧洲中心主义霸权思想[2];再次,海登·怀特的乌托邦设想也有其意识形态意

---

1. 孙麾、〔美〕海登·怀特:《中国进入资本主义将是灾难性的》,《中国社会科学报》2013年6月26日。
2. 〔美〕阿里夫·德里克:《对"中国式资本主义"模式的反思》,王琦译,载《跨国资本时代的后殖民批评》,王宁等译,北京:北京大学出版社2004年版,第276页。

图。他曾说"真正的问题是如何保留心理学和哲学层面上的乌托邦精神和希望"[1]，而从反思西方视角中的中国层面来看，我们则要警惕把"中国"作为表达特定批判立场的乌托邦的倾向。在不同历史时期，西方有目的地推崇中国，譬如在文学和政治领域塑造"中国乌托邦"的形象，或构建特定的"中国乌托邦"话语体系，为西方现代激进思想提供了批判的立场。并且我们应该意识到，西方学界描述的"中国"都和中国的现实并不完全相同，我们更应该把这些观点看作特定政治立场、理论观念或个人观点的投射。也就是说，在西方学术界，通过话语修辞模式将历史实在（比如中国）与蕴含特定意识形态内涵的意识相联系，从而塑造出了西方的"东方想象"或"中国形象"。海登·怀特解构的西方历史哲学中的转义模式和历史叙事学，也成为包括他自己在内的众多西方人理解和解释中国的模式，成为他们无意识的思维方式。而反思西方对中国形象的"乌托邦化"和"东方化"，不仅可以解构西方建构"中国形象"的话语阐释机制和深层内涵，对于中国知识分子也具有一定的警示作用。

总之，海登·怀特对启蒙的隐喻化阐释解构了启蒙理性的神圣地位，揭示了启蒙话语与资本主义的合谋关系，

---

1. 孙甑、［美］海登·怀特：《中国进入资本主义将是灾难性的》，《中国社会科学报》2013 年 6 月 26 日。

也就是历史意识与历史实在之间的关系，为重新理解中国的现代化、新自由主义思潮以及共产主义道路等提供了一种新的思维方式。但海登·怀特理论中涉及的"中国"都是以元史学阐释出来的中国，是元史学视域下的"转义的中国"，并且受到资本主义和欧洲中心主义观念的影响。对此，我们要反思西方理论和西方思维对中国问题的看法，质疑某些特定话语塑造出的西方的"东方想象"或"中国形象"，避免被他者化、殖民化，并在此基础上借鉴有利的资源，从社会主义、共产主义的立场和中国的国情出发，寻找能够规避资本主义和欧洲中心主义的中国思维方式，推进中国的文论话语体系和文化建设，探索适合中国的发展道路。

第四章 他者·理论·异国情调：新历史主义文论中的"中国"

新历史主义文艺思潮自20世纪80年代诞生以来，从叙事学层面揭示了历史哲学的诗学本质，并通过探讨历史文本与文学文本、文本与社会的关系，揭示历史叙事的话语修辞模式及其意识形态内涵。其中，中国也是新历史主义理论家的研究对象之一。格林布拉特在"旅行文学"文本中，以"文艺复兴时期的自我塑型"理论来解读当代中国知识分子，以这一"他者"来塑造西方知识分子的"自我"，以当代中国的文艺政治化与西方资本主义的文艺商品化来揭示不同的意识形态内涵；海登·怀特则在解读黑格尔对世界历史、古代东方的历史的阶段划分时，将理论化的"古代东方"和"中国"纳入元史学中，以隐喻、转喻、提喻和反讽构成的话语修辞模式矩阵，来印证历史哲学的诗学本质；理查·勒翰不仅反思了历史话语模式，还在历时性地分析一战期间的"帝国与战争"问题时，探讨了作为一种异国情调的现代中国……

那么，新历史主义批评家为什么要研究中国？"中国"究竟在新历史主义文论中扮演了何种角色、发挥了何种作用呢？在这些问题中，最为关键的问题意识是"新历史主义文论中的中国问题"，而想要解答这些问题，就需要探究新历史主义批评家探讨中国问题的历史语境、理论背景、阐释机制和意识形态内涵。

第一节　作为他者的当代中国

"新历史主义"文艺思潮的统帅斯蒂芬·格林布拉特，在建构"文化诗学"与"自我塑型"理论的过程中，将当代中国的文艺政策、建筑艺术、知识分子作为论据，以此塑造出了 20 世纪 60 年代至改革开放初期的中国形象以及知识分子形象。

首先，格林布拉特在中国之旅的文学性记述中，从现代建筑艺术的"感官剥夺"与传统建筑的"朴素之美"方面，探讨了中国现代化转型过程中的社会文化问题。1982 年，格林布拉特应邀来到中国担任北京大学的客座教授。在中国近两个月的时间里，他游览了北京和上海等地的高校、居民楼房、商业建筑基地等城市景观。令人惊讶的是，他对现代化建筑的修饰词汇大多是负面的，而对四合院、胡同等传统建筑则多溢美之词。在他眼中，"巨大而丑陋的"的公寓楼即将取代能够容纳八个家庭的四合院，使北京的主要美学原则呈现为"感官剥夺"（sensory deprivation），而那些鳞次栉比的胡同中残留的古老院落则愈发显现出一种"朴素之美"（austere beauty）[1]。格林布拉特以文学性的方式记述、解读不同的建筑物，一方面与其文化诗学的研究范式相关，即通过日常生活、逸闻趣事、历史遗物等来研究历史，另一方面也与"旅游文学"和"惊奇""感通"的审美感知机制有关。

从文化诗学的研究范式来看，格林布拉特对搜集、梳理、选取逸闻趣事的倚重与其"逸闻主义"的主张密切相关。所谓"逸闻主义"是指一种通过逸闻趣事、野史传说、档案碎片以及批评者的个人经历来阐释和重构历史的批评方法。"逸闻主义"是在人类学"厚描／深描"（thick description）理论基础之上提出的。所谓"厚描"是将社会事件、行动、制度或过程等现象在文化中的描述脉络作为文学文本进行解读，揭示文本所隐含的多层次的意蕴内涵，进而展示文化符号的意义结构所表征的社会基础和含

---

1. Stephen Greenblatt, Michael Payne ed., "China: Visiting Rites," in *The Greenblatt Reader*, Malden, MA: Blackwell Publishing, 2005, p.271.

义。而"逸闻主义"就是对文本进行更"厚"、更"深"的解析。[1] 在逸闻主义的研究范式下，一方面这种由日常生活语言或文学性修辞构成的具有偶然性、随机性的文本显现出"非同一性"的历史观，另一方面这些历史叙事通过建构复数化的小历史而戳穿"宏大历史"的堂皇假面。[2] 格林布拉特通过这种方式瓦解了整体性、同一性的"中国历史"，而塑造出一种由逸闻轶事呈现出的后现代主义的"中国历史"。

从叙事模式或文学体裁这个角度来看，格林布拉特对中国之旅的"逸闻主义"描述，与他对"旅行文学"（travel literature）和"欧洲航行叙事"（European voyage narratives）的研究与实践相关。20 世纪 70 年代中期以来，格林布拉特就开始研究旅行文学和欧洲航行叙事，并以感通和惊奇概念来探讨某一时间、地点和环境的特殊性。格林布拉特的《中国访问之旅》（"China：Visiting Rites"）等文章，就是以文学叙事的方式搜集、记录、整理他在中国的逸闻趣事，并以此分析文本中的历史、社会、政治、经济、文化等意识形态内涵的"旅行文学"。格林布拉特曾

---

1. 张进：《新历史主义文艺思潮通论》，广州：暨南大学出版社 2013 年版，第125—128 页。
2. 李缙英：《〈城乡简史〉：个人性历史叙事与自我他者化》，《小说评论》2018年第 6 期。

坦承，其学术研究的一条重要原则是意识到并承认文本的不透明性／费解性（opacity）。他认为，解构主义打破了能指与所指之间的稳定性关系及其导向的封闭世界，但受此影响的"解构性阅读"却使我们不能透过文本看到任何东西。为了反对这种阅读方式的形式主义弊端，格林布拉特认为，要远离文本的不透明性，而那些具有"文字优势"的人所摹写的文本就是一种"新世界的材料"。所谓"文字优势"是指拥有运用文字这种优势进行书写的能力。[1]他正是以文学性的叙述来摹写北京的建筑和城市风光，借助共时性（synchronicity）的逸闻趣事和时事资料来衬托、比附、揭示改革开放初期的中国。当然，除了以文学性的叙事方式来揭示中国历史的诗性，对历史诗性的感知还有审美相关。

从审美感知层面来看，格林布拉特在对传统的四合院建筑与现代化的高楼大厦的审视过程中，感受建筑艺术的"朴素之美"与"感官剥夺"等美学特征，并享受随之滋生的惊奇感与共通感。在《感通与惊奇》（"Resonance and Wonder"）一文中，格林布拉特指出，"文化诗学"的文本阐释理论的视域涉及人类文化的一切领域，涉及社会生活诸领域的一切文本。那些作为"具有文化生产力的视像"

---

1. Stephen Greenblatt, "'Intensifying the surprise as well as the school': Stephen Greenblatt interviewed by Noel King," *Textual Practice*, 2008, 8:1, pp.114—116.

的文本以及读者的文本阐释过程所产生的审美效果，被他叙述为"感通"与"惊奇"。在他看来，在历史中并不能发挥太多影响的微不足道的物品，仍能够成为一种"具有文化生产力的视像"。这些物品并非静止不动，而是涉及个人与公共团体的交锋、协商以及物品占有情况的改变等。因而，成为一种散发着"文化能量"的文本，具有戏剧性的神圣力量。[1] 在此，格林布拉特以"感通"和"惊奇"这两个概念，阐释艺术品自身所具有的性能与力量以及艺术品对接受者的审美感受所产生的影响。其中，"感通"是指展览品所具有的超出其形式边界而到达更广阔的世界，激发出观者内心复杂的、富有活力的文化力量，而"惊奇"是指展览品所具有的使观者驻足凝视、向其传达引人惊奇的独特感受并激发出精神升华感觉的文化力量。[2] 格林布拉特还强调，在感通与惊奇以及随之激起的共通感与惊奇感表面断裂的间隙之间，甚至在被压制的领域内，一直存在着

---

1. Stephen Jay Greenblatt, "Resonance and Wonder", *Bulletin of the American Academy of Arts and Sciences*, Vol.43, No. 4 (Jan., 1990), pp.11—34.

2. 根据这两个概念所具有的双重义项，"Resonance"可译为包含"引起共鸣"和"感受相通"两种含义的"感通"，而"Wonder"可译为"惊奇"，既指奇迹、令人惊奇的事物，又指惊奇感。参见［美］斯蒂芬·格林布拉特：《感通与惊奇——新历史主义批评的两个重要概念》，王阅译，《长江学术》2019年第1期。此外，傅洁琳在《格林布拉特的文本阐释策略》（《学术界》2010年第10期）一文中将它们译为"共鸣"与"惊叹"。

隐蔽的转换。[1] 在此，格林布拉特就是将传统四合院、北京胡同、上海弄堂与摩天大楼当作文本，在这些文本的历史氛围中，阐释文本的含义，聆听文本的话语，感受文本所散发出的文化能量，激发读者/观者的惊奇感、共通感乃至情感升华。

然而，格林布拉特最具创造性的文化诗学、旅行文学模式和审美感知机制，也存在着弊端。对共时性的边缘文本、辅助文本的取舍是他常为人所诟病之处。而这种弊端的根源在于理论先行。格林布拉特的类似于模式化的研究范式使讨论的纹理变得粗糙，以逸闻主义呈现的事无巨细、纷繁复杂的历史素材，也使得他对文本的解读与文本本身相去甚远。这种解读甚至可能会演化为一种恋物癖似的"文本拜物"，想当然地解读中国这一文本的内涵。

此外，格林布拉特对建筑风格的偏好及其对建筑物所表征的意识形态内蕴的揭示，也显现出他者化的西方中心主义倾向。他通过现代建筑艺术造成的感官剥夺与传统建筑的朴素之美的对立，反思了现代性和政治经济的发展：一方面，现代化带来社会经济的繁荣，另一方面经济发展也带来传统文化的衰落、精神信仰的缺失、城乡关系的错

---

1. Stephen Greenblatt, *Learning to Curse*, New York and London: Routledge, 2007, pp.8—16.

位和区域发展的失衡，以及新自由主义和消费主义意识形态对国民精神观念结构的毁灭性冲击。这确实是当代中国现代化、城市化过程中的普遍状态。应该说，格林布拉特的审美偏好体现出他反思现代化与资本主义异化的马克思主义立场。但是，此处的中国问题却是"作为他者"而存在的文本。他对中式传统建筑与西式现代建筑、"朴素之美"与"感官剥夺"的比较，实质上是"东／西""传统／现代"二元对立思维的表现。

其次，格林布拉特以"自我塑型"理论解析了当代中国知识分子的文化心理结构，在对不同知识分子以及割裂知识分子的代际隔阂的分析中，反思了宏大历史叙事及其背后的意识形态内涵。格林布拉特在《俗世威尔：莎士比亚新传》的"中文版序"中，记录了他在新时期初期到中国高校交流莎士比亚研究时的经历与感受。格林布拉特将改革开放前的时间段界定为"历史上空前的困难时期"，是中西方文化交流几乎完全中断、双方抱有敌意与猜疑的阶段。而他在中国却感受到中国人对他的友好，对西方文化尤其是莎士比亚戏剧的强烈兴趣。在他看来，缔造友好关系的文化原因，是因为莎士比亚表现人类的"爱情、骄傲、仇恨、美丽、野心和死亡"等各种状况的主题，创造了一种能够跨越国境和语言差异的、"属于永恒"的语言。除了这些"普世价值"，格林布拉特还从时代的相似性维度阐

释了莎士比亚所处时代与中国当下的特殊关联。莎士比亚
的写作时代被当代文学史家詹姆斯·辛普逊描述为英国的
"文化革命"之后。在这场16世纪上半叶发生的挑战中世
纪种种观念的宗教、社会与政治性革命之后，莎士比亚意
识到这是要勇敢地面对建构"美丽新世界"的激进性挑战
的时代。[1]因此，格林布拉特认为，时代的特殊关联性与莎
学的"普世价值"，使中国读者成为评判莎士比亚的最佳
人选。

　　更为重要的是，格林布拉特还从主体的自我意识层面，
意识到中国人，尤其是中国当代知识分子的"自我塑型"
与知识分子之间的代际裂痕，是探讨当代中国政治文化转
型的典型史料。在"中国访问之旅"的描写中，格林布拉
特通过"逸闻主义"，对人物的动作、语言、生活环境等进
行文学性的描绘，塑造了几位不同年龄段、不同的性格特
征和文化心理的知识分子：生于清末民初、性情优雅而谨
慎的老一代海外留洋归国知识分子；在文化浩劫中的投机
主义或"精致利己主义"的中年知识分子；在改革开放前
后接受现代教育、崇尚现代物质与精神文明的青年知识分
子……在格林布拉特看来，知识分子的自我塑型与知识分
子的代际隔阂同中国的文艺政策与文艺思潮相关。

---

1. ［美］斯蒂芬·格林布拉特：《俗世威尔：莎士比亚新传》，辜正坤、邵雪萍、
　 刘昊译，北京：北京大学出版社2007年版，第1—2页。

　　然而，格林布拉特对毛泽东文艺政策和新时期初期文艺论争的阐释，是一种西方的"毛泽东美学"，并且在研究范式上显现出"他者政治"的倾向。格林布拉特认为，中国的文学和文学批评与国家密不可分，无论在理论上还是在实践上都没有自治权。传统的儒家文学观念包纳深厚的伦理性和社会性意义，而这些观念在"延安文艺座谈会上的讲话"中被确认，同时被激进化（radicalized）。这些在20世纪40年代得以发表，自此被提升为"国家/民族教条"（national dogma）的文学观念成为"延安文艺传统"。这一文艺传统主张：在评判文学作品时，政治标准第一位，而艺术标准第二位；作品的时代进步性和作家对人民的态度，是判断作品相对价值的标准；作家必须致力于社会主义事业发展，并与群众融为一体。格林布拉特还探讨了毛泽东文艺政策对新时期文艺论争与文艺思潮的影响。他指出，在新时期，作为主要战场的文艺界出现了关于修正、重申"毛的政策"（Mao's principles）的文艺论争。许多艺术家作为具有多种动机的不同角色的代表，试图揭露当时社会中的严重问题，《人民日报》也评论说，存在一种"通过公式（formula）来创作艺术和文学作品的趋势"。而在短暂的"拨乱反正"之后，各种文学机构转而开始构筑更加积极的愿景。当时，《人民日报》刊登丁振海和李准的文章，倡导文学家、艺术家以展现美丽新事物为首要任务，纠正意识形态和艺术表现方式上的错误，创造对社会主义发挥积极作用的文学作品。[1]

可见，格林布拉特将知识分子的文化心理以及知识分子的代际裂痕，看作是毛泽东文艺政策以及新中国成立以来的文艺论争与社会思潮造成的结果。但是，不仅他对当代文艺政策与文艺思潮的研究存在错误，其"文化诗学"和"自我塑型"的研究范式本身也显露出弊端。

第一，从研究对象来看，格林布拉特对当代文学创作、文艺政策、文艺争鸣及其影响的解读，存在诸多误解和偏见。（1）在文学传统方面，格林布拉特突出了儒家文学观念、左翼文学、"延安文艺传统"对新时期文艺论争与社会思潮的影响，却忽略了新文学传统与当代文学之间的连续性。换言之，他以为仅仅抓住"被寓言化"的"延安文艺讲话"就把握住了当代文学的精髓，却忽略了同样"被寓言化"的"五四文学"在20世纪50至70年代文学中的回响。[2]（2）在文艺政策方面，格林布拉特对作

---

1. Stephen Greenblatt, Michael Payne ed., "China: Visiting Rites," in *The Greenblatt Reader*. Malden, MA: Blackwell Publishing, 2005, pp.77—278. 格林布拉特引用的文章，参见丁振海、李准：《"为人民大众的根本原则"也是文艺批评的根本标准》，载丁振海：《文学论集》，北京：文化艺术出版社 2008 年版。

2. 关于"五四文学""左翼文学"与20世纪50至70年代文学之间的关系，参见洪子诚：《关于五十至七十年代的中国文学》，《文学评论》1996 年第 2 期。

家与工农兵群众的关系、文艺与政治的关系、文艺批评的政治标准与艺术标准等问题的理解存在偏颇。应该说，他对"毛的政策"的解读，主要是对毛泽东政策的美学与文艺理论的解读，属于西方的"毛泽东美学"（Mao Zedong Aesthetics）。而在西方理论中阐释毛泽东思想，存在着刘康所说的"他者政治"的状况，也存在着爱德华·萨义德所谓"理论旅行"（travelling theory）的状况，因此与在中国马克思主义美学和文论界中构建的"毛泽东文艺思想"并不完全对等。[1]（3）在文艺论争方面，格林布拉特试图呈现当时文艺界关于毛泽东文艺政策的不同观点以及文艺思潮的复杂性，但他的理解与把握却不够全面。他虽然意识到《人民日报》的文学引导的意义，但忽略了其他关键的文学组织、文学机构和文学刊物以及作家、学者等，在当代文学史中的商讨与争鸣。而且，他对新时期初期关于"问题剧"论争的解读也过于简单化了。格林布拉特指出，在 20 世纪 80 年代初期，"以古论今"的中国传统，即通过历史论据和文学批评的媒介来进行严肃的当代辩论的方式被改变了，历史研究的主题须是真正的历史而非对当前历史的间接反映。在他看来，这一政策能够证明隐藏的辩论和批评持续存在着，并且延伸到对研究或表演的文学作

---

1. 曾军：《西方左翼思潮中的毛泽东美学》，《文学评论》2018 年第 1 期。

品的选择——比如中国更偏爱"问题剧"（problem play）。[1]
他从中发现了艺术与权力的关系，并推而广之，将其阐释
为一种文学史中普遍存在的问题。（4）格林布拉特把中国
知识分子文化心理的成因归咎于当代文艺政策的影响，却
忽视了其他社会、政治、经济以及个人遭遇等因素的影响。

可以说，格林布拉特的解读是脱离中国现当代历史语
境的，是以西方视角考察中国文化的"西方中心主义"的
理解。从中国的立场出发，我们应意识到"延安文艺座谈
会上的讲话"、"十七年"文艺政策以及新时期"拨乱反
正"的文艺争鸣，都是具有原创性的"中国马克思主义美
学"。这不仅因为它提供了概念性的框架，还因为既来自激
进遗产又包含对激进遗产的自我批评构成了极为独特的中
国声音。而这个激进遗产培育了当代的"他者政治"。[2]在
此，格林布拉特正是将"中国马克思主义美学"理解为一
种文本，并在具有意识形态指涉的阐释中将其塑造为他者。
那么，将他者化的"中国马克思主义美学"作为塑造知识
分子的成因，自然会诱发更多的误解和偏见。

第二，在研究范式方面，格林布拉特对当代中国文化

---

1. Stephen Greenblatt, Michael Payne ed., "China: Visiting Rites," in *The Greenblatt Reader*, Malden, MA: Blackwell Publishing, 2005, pp.278—279.
2. ［美］刘康：《马克思主义与美学·序》，李辉、杨建刚译，北京：北京大学出版社 2012 年版，第 9 页。

的解读，沿用了发现 / 伪造"异己"和塑造"自我"的模式。不仅高楼大厦与老北京四合院及其所表征的"感官剥夺"与"朴素之美"构成了二元对立，当代中国的知识分子、文艺政策、文艺论争也成为他者，而潜在的"自我"即西方，则始终占据着中心的位置。在这些对比中一直存在着的就是"自我 / 他者"的研究范型，这也是一种"逻各斯中心主义"的思维方式和心理机制。从文化心理层面来看，格林布拉特塑造主体"自我"的机制，是将当代中国知识分子的文化心理、毛泽东的文艺政策、新时期的文艺思潮等当作文本，以逸闻主义的解读方式将它们伪造为异己，以此来进行自我塑型。

在这种解读模式中，当代中国只是一个居于他者位置的论据。在阐释的过程中，当代中国不是作为西方理论在形成过程中的思想资源，而是作为西方理论的理论印证和批评实践，在很大程度上，中国历史、中国文化只是西方文论检验理论方法的普适性或有效性的对象。可以说，在格林布拉特那里，当代中国的社会文化是一种"作为他者"的文本，他所描绘的中国知识分子也只是"无面目的中国人"形象[1]，是"文艺复兴时期的自我塑型"的照搬套用而已。

---

1. 曾军：《"西方文论中的中国问题"的多维透视》，《文艺争鸣》2019 年第 6 期。

除了自我塑型理论存在的他者化，格林布拉特以"话语—权力"关系来阐释文本意识形态内涵的策略，也显露出"他者政治"的迹象。新历史主义批评家大多认为，对历史文本的阐释是"一种将权力关系作为所有文本最重要的语境而置于优先地位的解释模式"。[1] 格林布拉特也常强调文本与权力的关系，而这种"福柯式的"阐释涉及诸多权力的商讨与较量，有时甚至是一种政治行为。如果说，身为学者的格林布拉特对中国历史、文化的解读，可能只是受到西方人集体无意识的浸染，那么美国期刊 *Raritan* 早早刊发《中国访问之旅》[2] 的事件本身，则显现出一种明显的"他者政治"意味。

第二节　作为理论的"东方"

20 世纪初期，西方历史哲学和史学理论研究，从对历史的目标、意义、规律和动力等客观过程进行哲学反思的"思辨的历史哲学"，转变为"分析/批判的历史哲学"，也就是转而对历史认识和解释的特性等历史学学科性质进行

---

1. John Brannigan, *New Historicism and Cultural Materialism*, London: Macmillan Press Ltd., 1998, p.6.
2. Stephen Greenblatt, "China: Visiting Rites," *Raritan*, Vol. 2, No. 4 (Spring, 1983): 1—23.

理论分析。20 世纪六七十年代，海登·怀特等理论家推动了历史哲学的"叙事转向"（narrative turn），或曰"语言学转向"（linguistic turn），使叙事主义的历史哲学主宰了西方历史哲学的理论趋向和思考重心。[1] 值得关注的是，海登·怀特不仅解构了历史哲学的神话，还构建了有关东/西方历史理论的元理论。但是，元史学视域下的"西方历史"和"东方历史"是叙事主义的，或者说，是理论化的。

首先，海登·怀特在后现代历史叙事的研究中，以情节建构和话语转义的研究范式探讨了中国的政治经济制度，还构建了一种关于共产主义的理论设想。同其他西方左翼理论家一样，海登·怀特也关注中国的政治经济问题。2013 年海登·怀特参加了关于启蒙现代性与当代中国经济的讨论，从启蒙话语与资本主义的关系这一维度，提出"中国进入资本主义将会是灾难性的"观点，还提议中国应找到不同于美国资本主义的道路。而毛泽东想象的中国式的社会主义，则是海登·怀特所推崇的替代道路。[2] 除了海登·怀特，在新世纪前后，阿兰·巴迪欧、吉奥乔·阿甘本、安东尼奥·奈格里、迈克尔·哈特、吉尔·德勒兹、

---

1. 彭刚：《叙事的转向：当代西方史学理论的考察》，北京：北京大学出版社 2017 年版，第 1—2 页。
2. 孙麾、[美] 海登·怀特：《中国进入资本主义将是灾难性的》，《中国社会科学报》2013 年 6 月 26 日。

菲利克斯·加塔利、斯拉沃热·齐泽克、弗雷德里克·詹明信等西方马克思主义理论家，也从诸多领域、各种层面构建了与"共产主义""共同体"相关的理论或主张，甚至在学术界引发了集体性讨论的热潮。[1] 应该说，关于"共产主义"和"共同体"讨论热潮的诞生有其时代原因，也推进了西方文论的发展与创新。但是，许多其他西方左翼理论家却指责西方马克思主义的共产主义设想，实为无政府主义。因而，对海登·怀特等部分左翼理论家来说，毛泽东的社会主义理论是更具积极的乌托邦意义的未来社会理论。

然而，与其说海登·怀特在谈论中国经济，毋宁说他是在构建一种理论化的"毛泽东的共产主义设想"。从他暧昧的阐释中仍可推断出，所谓的"新的社会主义"并非真实的毛泽东的共产主义理论，而是指涉一种超越资本主义的乌托邦共同体。他曾说："真正的问题是如何保留心理学和哲学层面上的乌托邦精神和希望。"[2] 但是，海登·怀特不仅架空或者说忽略了经典马克思主义的共产主义理论，有意跳过了中国特色社会主义的成果，而且是以资本主义为

---

1. 关于西方左翼理论家对共产主义的理论设想与集体讨论，参见伦敦会议论文集《共产主义观念 1》（2009 年）、纽约会议论文集《共产主义观念 2》（2013 年）、《国外马克思主义研究报告 2013》等。

2. 孙麾、［美］海登·怀特：《中国进入资本主义将是灾难性的》，《中国社会科学报》2013 年 6 月 26 日。

比较基础、以未来中国为寄予乌托邦情愫的时空体的。而从社会与文艺、美学的关系来说，无论是西方马克思主义关于"共产主义"/"共同体"的讨论，还是海登·怀特对"毛泽东共产主义"的乌托邦设想，都是一种"毛泽东美学"，或"共产主义/共同体美学"。

从反思"新历史主义文论中的中国"这一立场来看，海登·怀特对当代中国的阐释，是一种理论的印证和政治主张的投射。虽然他从历史情节建构与真实性之间的关系这一角度，揭示了历史叙事中无法祛除的"再现的相对性"。[1]但是，在他的中国阐释中却没有意识到其中存在再现的相对性与意义阐释的杂多性。这暴露出他所解构的转义模式和历史叙事，也成为包括他本人在内的西方人理解和阐释中国的思维机制。可以说，海登·怀特的新的共产主义设想，是通过话语修辞模式将历史实在与蕴含特定意识形态内涵的意识相联系，从而构筑出的理论化的"东方想象"。

其次，海登·怀特在以元史学理论重新探讨黑格尔的历史诗学时，将"古代东方"转变为一种转义的"古代东方"。在《元史学：十九世纪欧洲的历史想象》中，海登·怀特分析了多位最具代表性的史学家在进行历史著述时采用的主导型比喻方式及其语言规则，从而确证历史作品普遍存在的

---

1. ［美］海登·怀特：《后现代历史叙事学》，陈永国、张万娟译，北京：中国社会科学出版社 2003 年版，第 324—325 页。

诗学本质。其中，他在对黑格尔历史哲学进行解构与再阐释时，以话语的转义（tropic）策略解构了黑格尔的历史哲学体系，重新探讨了"古代东方"和"封建制中国"的形象。

海登・怀特指出，在黑格尔的《历史哲学》中，古代中国被形容成是"神权专制"的"不含诗意的帝国"，是非常特殊的东方式的。其实，黑格尔不仅在世界历史体系中发表了这种"特殊论"，还在《哲学史讲演录》中将"中国哲学"（包括孔子、易经哲学、道家）和"印度哲学"界定为"东方哲学"，并置于"导言"和"第一部"之间的特殊位置。这是因为"东方哲学本不属于我们现在所讲的题材和范围之内……我们所叫做东方哲学的，更适当地说，是一种一般东方人的宗教思想方式——一种宗教的世界观"。[1]换言之，"中国哲学"不属于黑格尔的"哲学史"体系，东方的"宗教的世界观"也并非完全意义上的"哲学"。[2]由此可见，"哲学史"是西方的哲学史，"哲学"概念的界定也是西方中心主义的，而"东方宗教观念"则是"哲学"的例外状态。

从"新历史主义文论中的中国问题"这一问题域出发，

---

1. ［德］黑格尔：《哲学史讲演录（第一卷）》，北京大学哲学系外国哲学史教研室译，北京：生活・读书・新知三联书店1956年版，第115页。
2. 在学术界，关于清末民初以来中国文人对中国逻辑学的发现与讨论被命名为"发现中国逻辑"（参见 Joachim Kurtz, *The Discovery of Chinese Logic*, Leiden/Boston: Brill, 2011）。但是，黑格尔的"哲学"与"中国逻辑"是否对等，"中国逻辑"对世界哲学有何影响等问题，仍有待进一步考察。

我们可以发现，海登·怀特在解构黑格尔历史哲学过程中，对黑格尔"东方历史"和"中国"观点的再阐释是一个重要的案例（见表4-1）。

表 4-1

黑格尔的历史哲学				海登·怀特的元史学
世界历史的四个阶段	地区	划分标准	东方历史的四个阶段	描述历史阶段的话语模式
历史的幼年时期	东方	文明自我意识的自在阶段	中国	隐喻
历史的青年时代	希腊	文明自我意识的自为阶段	印度	转喻
历史的壮年时代	罗马	文明自我意识的自在和自为阶段	波斯	提喻
历史的老年时代	日耳曼	文明自我意识的自在、自为和自主阶段	埃及	反讽

在《历史哲学》中，黑格尔将世界历史分为四个阶段。（1）"历史的幼年时期"：东方。（2）"历史的青年时代"：希腊。（3）"历史的壮年时代"：罗马国家。（4）"历史的老年时代"：日耳曼。他还将东方历史分为中国、印度、波斯和埃及四个阶段。[1] 那么，如果以海登·怀特的元史学理

1.［德］黑格尔：《历史哲学》，王造时译，上海：上海书店出版社2001年版，第107—117页。

论来看，黑格尔划分历史阶段的标准是什么？为什么把东方作为"历史的幼年时期"？为何把中国作为东方历史的第一个阶段？

在《元史学》中，海登·怀特指出，黑格尔历史哲学是根据文明自我意识的发展来判定历史阶段的划分标准的。具体来说，世界历史的四阶段分别对应着自我意识的自在阶段，自我意识的自为阶段，自我意识的自在和自为阶段，自我意识的自在、自为和自主阶段。可以说，黑格尔对历史阶段的划分与启蒙有关，而海登·怀特更愿意通过这些阶段，来探讨"不同关系模式的概念化"，也就是类似于黑格尔对语言以及意识本身起作用的层次进行考察而产生的概念化。因此，海登·怀特将黑格尔划分世界历史的四个阶段，分别与四种由转义的诸形态表现出的意识模式相对应：（1）历史从野蛮状况过渡到古代东方文化，是意识到隐喻理解的可能性的觉醒。在作为历史童年时代的古代文明中，东方诸国是本质为隐喻的生活与意识模式的范例，而这种理解世界的模式是以单一的隐喻方式将主客体混同的模式。（2）历史从童年时代过渡到青年时代，也就是希腊世界由在有关整体的隐喻式认同之内理解个体的孤立，过渡到肯定作为个性的理想，以此充当自主的依据，而这就是转喻式的理解模式。（3）罗马人相信部分联合整体是可能的，个体在普遍目标之内实现自己的个人目标，表现出提喻的关系模式。(4)当历史进入老年时代,在罗马历史悲剧的结局中暗含着反讽。[1]

在元史学的阐释模式看来,东方历史的"情节"被分解为四个阶段也与思维模式、话语模式相关。作为东方历史序幕的原始人以直观的、隐喻式的"神话模式"来理解历史。而当人们意识到意识与其对象之间存在距离与矛盾时,历史才真正开始。人类意识将这种矛盾造成的张力体验为一种匮乏,并试图通过设置一种顺序来克服匮乏,这种顺序便是东方历史发展的四种形态——中国、印度、波斯和埃及。海登·怀特还把东方文明的四个阶段理解为一部四幕悲剧,或者一个过程,在这个过程中意识对文明的规划从隐喻式地理解开始,经过转喻式、提喻式地理解,最后反讽地理解文明和解体。[2]其中,被黑格尔表述为按照将臣民与君主视为一体的模式来运作的"神权专制统治"的、"特殊的东方式的"中国,被海登·怀特界定为隐喻式的、纯粹主观的世界。

如果暂且不论二者观点的对错,单看他们的阐释方式的话,就会发现不同策略背后的意识形态意图。黑格尔把历

---

1. 〔美〕海登·怀特:《元史学:十九世纪欧洲的历史想象》,陈新译,南京:译林出版社 2009 年版,第 169—174 页。
2. 〔美〕海登·怀特:《元史学:十九世纪欧洲的历史想象》,陈新译,南京:译林出版社 2009 年版,第 175—176 页。

史理解为"精神"，从古代政体的特点出发对历史阶段做出判断，而海登・怀特则从语言学层面，也即从历史叙事的话语模式来理解历史思维。他以隐喻、转喻、提喻和反讽这四种修辞的主型来推演世界历史演化的四个阶段，并将对古代中国的阐释与隐喻式的模式联系起来。可见，海登・怀特是以话语的转义理论来解析历史哲学的，他对"东方"与"中国"的阐释也是以转义方式进行情节建构与意义阐释的。他之所以运用转义学（tropology）理论，是因为他坚信叙事性的写作并不需要逻辑蕴涵其中，甚至没有任何叙事是要体现出某种逻辑推演的融贯性的。[1]他借助"东方"和"中国"，意在指出人们理解自然和历史等客体时表现出的连贯性，不过是一种意识或心灵的功能，这些历史编纂学和历史研究范式不过是人类意识即语言学的产物而已。[2]而反观这些理论和策略，就会发现其中暴露出的"语言决定论"、自我印证的缺陷，以及强烈的形式主义和虚无主义色彩。

而关于"世界历史""西方历史"和"东方历史"的关系问题，海登・怀特在反思彼得・伯克（Peter Burke）的"西方历史"的概念化问题时，就揭示了"世界历史的西方

---

1. ［美］海登・怀特、［波兰］埃娃・多曼斯卡：《过去是一个神奇之地——海登・怀特访谈录》，彭刚译，《学术研究》2007 年第 8 期。
2. 李缙英、曾军：《元史学视域中的"转义的中国"——纪念海登・怀特》，《探索与争鸣》2018 年第 4 期。

化"。海登·怀特指出，彼得·伯克试图把西方历史思考纳入所谓"世界背景"之下的概念化工作，显现出所谓"西方历史"概念的意识形态内涵。对他来说，把"世界"作为形容词来修饰"背景"表明所谓的"世界背景"是西方的背景。为了解构这种倾向，海登·怀特将"西方历史"概念化，并探求它与其他概念之间的关系。[1]虽然海登·怀特已意识到历史哲学领域存在世界历史的西方化，以及与之相对应的东方历史的他者化。但是，他在以文本解析和论证模式来分析"东方文明"和"中国"时，同样存在将东方历史他者化、理论化的现象。

第三节　作为异国情调的"现代中国"

美国学者理查·勒翰批评了新历史主义文论的话语模式，坚持历时性的线性历史叙事，而他对一战中现代中国的理解和阐释，却存在一种异国情调的意味。

首先，勒翰以不同意识形态之间的对立，来探讨世界大战期间的世界格局，并将身处"远东"的"现代中国"作为一种"异国情调"，置于冷战的左翼。在勒翰的专著 *Literary Modernism and Beyond: The Extended Vision and the*

---

1. ［美］海登·怀特：《世界历史的西方化》，杨云云译，《山东社会科学》2007年第 2 期。

Realms of the Text 中的"从帝国到战争"（From Empire to War）这一部分，他以历时性的历史叙事方式，从左右派的政治、经济、军事、文化的对立来探讨一战至二战期间的世界局势，而处于"远东"的中国的历史状况则成为他的研究对象之一。

在该书中，勒翰指出，一战后的中国不仅失去经济贸易基础，还陷入政治混乱的状态。孙中山为了维护新秩序，在苏联的帮助下建立起国民党政权，而在孙中山之后的蒋介石却借助军事力量清除异己，将共产党人从城市赶到农村，迫使他们经历了损失惨重的长征。而在长征中确立的新领导人毛泽东，成为蒋介石的主要敌人。但是，由于中日战争致使蒋介石以及国民党日渐削弱，而共产党却愈加强壮，并且在"农村包围城市"的武装策略下占据了优势地位。勒翰指出："中国被共产党控制只是时间问题。"[1]值得关注的是，勒翰不仅涉及了美国、苏联、中国等国家之间的关联，还将铸成一战、二战期间世界格局的原因归咎于党派纷争以及意识形态的对立。

勒翰对两次世界大战期间的中国格局以及国际局势的理解和阐释，使这一重大历史事件的本质缩减为一种意识形态的对立和论争，而身处远东的中国则作为一种"异国

---

1. Richard Lehan, *Literary Modernism and Beyond: The Extended Vision and the Realms of the Text*, Baton Rouge: Louisiana State University Press, 2009, pp.282—283.

情调",成为西方世界的他者。所谓"异国情调"是指一种对异域文明、异族风情、异国风光的惊艳、欣赏和想象。随着西方殖民主义的扩张,在文学艺术和价值观念上逐步建构起的"异国情调"的审美趣味和追求,成为殖民文学的重要特点。[1]勒翰是以文学性的方式对现代中国以及国共战争、长征、抗日战争等历史进行理解与阐释的。他从国际关系、经济崩溃、战争暴乱、党派纷争等方面展现了民国政府时期的局势,而现代中国历史上的国共两党对立,成为他把握世界格局的关键材料。他甚至几乎盖棺论定式地指出:"在两次世界大战之间,特别是两次世界大战之后,左右派之间的争论将主导世界政治。"[2]然而,这些中国叙事中充满了套话、想象以及强烈的意识形态意图。

其次,勒翰在构建现代中国局势以及世界格局时,实践了历时性的历史叙事。他对新历史主义文论中先共时性而后历时性,或拆解历史叙事顺序的做法提出了严厉的批评。新历史主义理论家路易斯·蒙特洛斯曾强调话语领域与物质领域之间存在动态的、交互式的关系,而文本就成为塑造历史的能动力量,文学成了文化与物质实践、"讲

---

1. 曾军:《20世纪西方文论阐释中国问题的三种范式》,《学术研究》2016年第10期。

2. Richard Lehan, *Literary Modernism and Beyond: The Extended Vision and the Realms of the Text*, Baton Rouge: Louisiana State University Press, 2009, p.283.

述话语的年代"与"话语讲述的年代"双向辩证对话的动力场。蒙特洛斯的主张倾向于以牺牲连续性进程为代价而强调结构关系，将文本视为文化系统的文本，而非视为自足的文学史的文本。换言之，它以共时的文本间性轴线为取向，而不是以历时性为取向。[1]在海登·怀特看来，对历史序列进行鉴别，有助于解构特定历史时空中居于统治地位的组织形式、政治控制和服从的结构，以及文化符码的规则和逻辑，并表现出逃避、超越和对立。[2]然而，勒翰认为，新历史主义由于倚重解构主义的文本解读观念，在本质上排斥历史的线性发展和深度，而共时性的历史叙事使时间"空间化"，使历史变成以一种言说取代另一种言说的话语。而这种历史的秩序，只是人类文字／话语秩序言说的再现方式。[3]

那么，勒翰的历时性历史叙事，是否会重返结构主义的"同一性""整体性"历史观？是否会重新落入历史言说中的套话、陈词滥调及其意识形态窠臼呢？

应该说，勒翰是以作为异国情调的中国为方法，进行

---

1. S. Greenblatt and G. Gunn ed., *Redrawing the Boundaries*, New York: Modern Language Association of America, 1992, p.401.

2. ［美］海登·怀特：《评新历史主义》，载张京媛主编：《新历史主义与文学批评》，北京：北京大学出版社1993年版，第106页。

3. 王岳川：《后殖民主义与新历史主义文论》，济南：山东教育出版社1999年版，第217页。

一战期间世界历史的研究的。这种作为"异国情调"的中国问题研究，或是由于偏见的"刻板印象"，或是起源于陌生文化的震惊，也可能是基于差异的发现东方。在这种阐释中，中国被构筑为诸多"异域形象"的一种，而包括中国在内的异域形象是特定社会/民族对他者构筑的蕴涵意识形态的形象。[1] 当然，无论是勒翰对现代中国的线性历史叙事，还是格林布拉特对当代中国的共时性历史叙事，还是海登·怀特对历史叙事顺序本身的研究，新历史主义文论中的中国都是一种话语言说，都是人类理解世界的方式。

经过以上分析，我们可以尝试解答关于"新历史主义文论中的中国"的疑惑。首先，新历史主义批评家之所以研究中国，大多是因为他们从西方问题出发或从普遍性的世界问题着眼，为寻求理论普适性的西方理论提供一个"他者"。其次，"中国"在新历史主义文论中以何种角色、何种方式、发挥了何种作用呢？根据本章的研究，可以发现，"中国"在新历史主义批评家那里是以"作为理论""作为他者""作为异国情调"等方式，发挥了理论印证、批评实践和观点阐释的作用。然而，这些中国问题是以一种异质性的文化因素，以文化"他者"的形象存在的。这些理论中涉及的"中国"，并不是将中国问题作为独立的

---

1. 周宁、宋炳辉：《西方的中国形象研究——关于形象学学科领域与研究范型的对话》，《中国比较文学》2005 年第 2 期。

研究对象来看待，而是对远东的文学性想象、对中国革命的美学化改造、对东方历史的理论化，或是对未来中国的共产主义设想。在这些理论与阐释中都存在着将中国的政治、经济、文化、民族诸方面进行他者化、理论化的倾向。他者的功能建立在自我与他者的差异与对立关系上，而差异是意义生成的基本原则。雅克·德里达及其"差异哲学"曾指出二元对立也意味着一种等级与价值关系。他们通过一系列的二元对立范畴，构成一种建立在差异系统之上的世界秩序的整体性想象，构筑一种西方中心的文化秩序，也构建了西方的中国形象生成的意义语境。[1]

作为中国学者，我们要超越某些西方学者"东／西""左／右""共产主义／资本主义"的二元对立的思维模式，克服特殊性，追求普遍性。但普遍性不是以西方价值为标准的普遍性，而应当是全世界共同参与的普遍性，是真正的"人类共同体"。

---

1. 周宁、宋炳辉：《西方的中国形象研究——关于形象学学科领域与研究范型的对话》，《中国比较文学》2005 年第 2 期。

新历史主义视域下的中国当代文学

第五章　"反现代性"与"个人主义"的主体性建构
——论鲁迅的启蒙与反思启蒙

第一节　反思启蒙与"现代性"

五四时期的启蒙运动，以"人的文学"和"国民性改造"为主题，促进社会的解放和人的启蒙，但由于启蒙内部的悖论性而使中国陷入西方的现代化圈圈。鲁迅作为中国启蒙的先觉者，又保持着辩证的思维特质、绝望的抗争精神和"个人主义"的主体性建构，其实质是对启蒙和现代性的反思。

为详细阐释鲁迅关于启蒙与反思启蒙的观念与创作实践，首先需要探讨一下启蒙与现代性以及二者之间的复杂关系，然后再具体探讨中国启蒙运动的启蒙观念与鲁迅对于启蒙的反思。汪晖认为，启蒙的核心和根本目的是为实现人的解放和自由。而现代性首先是一种直线向前、不可重复的历史时间意识和历史观，现代性一般分为两种，一是从社会角度界定的启蒙现代性，二是从文化角度界定的审美现代性。从二者之间的关系来看，启蒙会对现代性会产生重要的意义，首先启蒙精神形成了现代性的独特精神内涵，其次现代性生活方式的历史—现实内涵来自启蒙精神，并且启蒙运动塑造的现代性话语，其核心是理性与主体自由。[1] 因此可以说，启蒙与现代性之间具有内在的共通性。在中国的五四时期，西方的启蒙现代性与审美现代性虽然都曾或隐或显地存在，而本章主要讨论的"现代性"更多是从社会和人的角度来谈论，即启蒙现代性，因此下面提到的"启蒙"和"现代性"更多涉及二者相通的概念部分。

20 世纪初，中国的历史任务是摧毁封建专制与儒家伦理制度，实现民族的独立与发展，因此需要西方的理性和启蒙作为社会变革的思想基础。但启蒙现代性作为五四时期社会层面的现代性，与中国社会文化之间存在着内在的矛盾。自"文学革命"以来，陈独秀、李大钊、胡适和鲁迅等知识分子，探究反帝反封建革命的失败原因，而提出了"思想革命"的主张，意欲改造国民使其普遍具有民主

---

1. 参见汪晖：《韦伯与中国的现代性问题》，载《汪晖自选集》，桂林：广西师大出版社 1997 年版。

与科学的精神。李泽厚将这一时期的历史任务归纳为"启蒙"与"救亡"，他认为近代中国先进哲学思想的总趋势与特点是辩证观念的丰富，是对自然和社会客观规律的寻求，是对封建主义正统唯心主义的对抗……[1] 并且"启蒙"逐渐压倒"救亡"，成为最重要的社会文化思潮。可以说，近代启蒙知识分子以"人的文学"和"国民性改造"为主题开展思想启蒙，为社会和人的解放发挥了不可替代的历史作用，但启蒙却因其自身的特质——西方资本主义文化来源的阶级性和理论研究范式的他者化与殖民化等，而使中国陷入了西方"现代化"的囹圄。而其中，作为中国启蒙先锋的鲁迅，其辩证批判思想的建构及其内在矛盾，就深刻地体现了现代中国知识分子所面临的历史冲突与思想矛盾，他的清醒的个人主义主张和主体性建构，也体现出对于启蒙与现代性的深刻反思。

五四新文化运动和文学革命以"人的文学"和"国民性改造"为主题，开展启蒙运动，在中国特定的社会、文化语境中被表述为特殊的概念与话语。近现代时期的启蒙知识分子们，把天赋理念和理性主义直接运用于社会历史领域，推崇理性主义原则，[2] 而鲁迅不仅反对其他启蒙者和

---

1. 李泽厚：《中国近代思想史论》，北京：人民出版社1979年版，第126页。
2. 汪晖：《反抗绝望：鲁迅及其文学世界》，北京：生活·读书·新知三联书店2008年版，第54页。

革命者的"众治"和"大群"等观念，认为这些所谓的民主、理性将"灭人之自我"，而且其"国民性批判"、对于"人"的看法和自我审视，都是建立在个人主义的主体性基础之上的。除此之外，鲁迅虽是启蒙先觉者的代表，但其辩证否定的思维方式，对于启蒙、启蒙者、启蒙与革命的关系、启蒙者与民众的关系，等等，都保持着怀疑主义者的警惕和个人主义者的清醒自觉。

可以说，启蒙现代性的确发挥过积极的历史意义，但其内在的悖论性却被绝大多数知识分子所忽略。韦伯和法兰克福学派曾指出，技术系统现代性会阻碍人的自由解放的现代性，制度、权力对于人的支配也逐步增长，这些都反映了启蒙理性的不合理性。而且，从东西方对照的二元对立思维方式出发，那么中国的现代性就是"丧失中心后被迫以西方现代性为参照系以便重建中心的启蒙和救亡工程"，[1]这种启蒙势必会导致中国陷入盲目追求西方现代性的圈套中，尤其在中国进入社会主义之后，启蒙现代性就越发显现出其与资本主义的合谋关系，而暴露出与社会主义、共产主义的内在冲突。[因此本章认为，从作为启蒙者与反抗绝望的革命者的鲁迅之思想复杂性上，可以借鉴具有辩证思维特质的决战精神和个人主义的主体性建构的过程，

---

1. 谢冕、张颐武：《大转型：后新时期文化研究》，哈尔滨：黑龙江教育出版社1995年版，第3页。

为当代中国的"现代性"困境和共产主义道路提供一定的启示。]

第二节 反思"国民性批判"与"人的文学"

鲁迅独特的辩证思想使其善于反思和批判，从他的启蒙实践、启蒙理念和创作实践来看，他对于启蒙和现代性的反思，主要体现在对于"国民性批判""人的文学"的阐释、施行和反思。

"国民性改造"和"人的文学"，是五四新文化运动和文学革命的启蒙主题，对于现代中国的民众启蒙和社会进步发挥了不可替代的作用，但这两大主题也隐匿着一定的片面性的弊端。国民性批判对于追求理性主义的启蒙来说，是社会批判和文化批判的重要内容，但"国民性批判"的话语方式和视角却值得反思。"国民性"一词，最早来源于日本学者对"national characteristic"的意译，他们借鉴了中国心性之学的语词背景，即透过现象和特征描述指向心性的深处，后来中国知识分子接受了日本学者的翻译和西方、日本对于"国民性"的批判性阐释，却并未意识到背后的原义与意译的差距、批评阐释策略的他者化视角和殖民化意味。

鲁迅作为国民性批判的代表，也与其他启蒙批判者一样，将民族性格与社会伦理文化、封建政治制度相联系。他抨击社会的丑恶却并未停留在现象表面，而是致力于揭露背后的国民性本质，并指出历史和现实的专制主义统治，不仅包括暴君的专制，还有愚民的专制，用鲁迅的话说就是，"专制者的反面就是奴才，有权时无所不为，失势时即奴性十足"。他在《聪明人和傻子和奴才》中，通过奴才、傻子和聪明人的关系揭示了中国社会长期存在的奴役关系——"主奴模式"，即在意识不到自己是奴才并以一切人为奴才的社会里所有人都是奴才；而由这种"主奴模式"所构成的，是停滞的、循环的、永远没有真正发展和进步的社会秩序。[1]而《狂人日记》揭示了"吃人""以他人为饵食而肥自己"的生存状态，所谓"吃人"是与家族制度、封建礼教在社会中的总体意味相对应的。[2]

鲁迅确实借鉴了美、日学者关于"国民性"研究的部分观点，但完全反对国民性批判的方法论，质疑背后存在的他者化与殖民化。鲁迅意识到"国民性批判"是站在优势立场，对他者进行抽象性、静态化和现象化的研究，由于主体不愿反省其自我优越感，容易将这种研究定性为终

---

1. 李玉明：《"人之子"的绝叫：〈野草〉与鲁迅意识特征研究》，北京：北京大学出版社 2012 年版，第 163—165 页。
2. ［日］丸尾常喜：《耻辱与恢复：〈呐喊〉与〈野草〉》，秦弓、孙丽华编译，北京：北京大学出版社 2009 年版，第 15—16 页。

极结论。因此从研究客体的角度来说，国民性批判就是一种被他者化的过程。

除此之外，"国民性"话语的阶级性也体现出西方文化霸权的殖民性。"国民性"概念普遍流行于19世纪欧洲的种族主义理论中，是西方研究东方民族特性的观点的理论化，但本质上是一种为自身建构种族文化优越感的话语修辞策略，国民性话语也成为西方殖民化的理论依据，甚至内化为中国文化界所普遍接受并亟待解决的"症候"。按照新历史主义者海登·怀特的历史即比喻性修辞的观点来阐释，"国民性"与其说是一种概念不如说是一种比喻修辞。所谓"国民性"即民族性，是一种资产阶级的思想概念，因此其思想实际上是以资产阶级人性论为基础，而超阶级的人性是不存在的，超阶级的国民性也是不存在的。[1]所以，当中国的启蒙知识分子在批判国民性时，容易脱离近代中国的政治、历史和文化特质与语境，而陷入西方资本主义的思维陷阱。也就是说，所谓"国民性"其中确实具备以比较东西方而显现出的民族共同体的共同性，但更多的则是被忽略的西方殖民化和他者化的文化霸权。

鲁迅在创作中，把阿Q、狂人、孔乙己和其他"小人物"作为文艺创作和哲学思考的主要客体，他对西方"国

---

1. 孙玉石：《荒野过客：鲁迅精神世界探论》，合肥：安徽大学出版社2013年版，第210—211页。

民性批判"的他者化视角的清醒意识，使其避免了民族主义的褊狭，不至于在批判的单向度视角中成为其启蒙对象的对立面。由于鲁迅以"个人主义"为前提来分析、阐释国民、民众或大众的特性，因此可以避免绝大多数启蒙知识分子对于蒙昧的启蒙对象的他者化视角和二元对立的批判立场。鲁迅早已清醒地意识到，所谓"国民"并非一个一成不变的固定概念。1925 年鲁迅在《春末闲谈》《灯下漫笔》等杂文中，形象地说明了"国民"并不是一个不分阶级的整体，而存在统治者与被治者、"阔人与窄人"、主奴、上下、贵贱的区别。因此，可以说，民众有时即便是作为独立的个体，其主体性也尚未自觉或尚未完整；而作为整体时，则可能因缺乏独立的主体性而成为鲁迅所谓的"无物之阵"，变为启蒙者的障碍。

有关人、群众、个人主义和主体性等问题的反思，还要继续探讨鲁迅关于"人的文学"及其反思。新文学的启蒙先驱者，在对传统文学及其文学观的批判中发现了"中国人从来没有人的观念"（周作人语），尤其在与西方文学相比时其非人化更为明显，因此当务之急是要让人充分认识自己，启蒙的问题就这样被提出来，并且先觉者都赞同启发国民心理与改造国民灵魂的最有力工具"当首推文艺"，因此"人的文学"成为启蒙文学观最显著的标志和理论前提。"人的文学"，即把人作为自然存在物与社会存在物来全面把握，其直观抽象是灵与肉的统一，其启蒙性质在于它注重文学与人的解放，而相对忽略人作为独立个体的主体性建构。

关于国民和人，鲁迅"重独立而爱自由，苟奴隶立其前，必哀悲而疾视，哀悲所以哀其不幸，疾视所以怒其不争"（《坟·摩罗诗力说》），并且他是以"个人主义"来阐释"国民性批判"和"人的文学"的。

第三节 反思人性解放与"个人主义"的悖论

鲁迅关于"国民性批判"和"人的文学"的阐释，是在尊重个人主义的基础上展开的。他最早在《文化偏至论》中阐释了"个人主义"或"个性主义"的主张，这是鲁迅早期个性文化架构的核心概念之一，兴起于"抗俗"，主张"声发自心，朕归于我"，充分尊重个体生命的自由意志，并且鲜明地提出尊个性而张精神的"立人"思想，对他来说"人立"既是"国立"的前提也是其最终的归宿，而作为独立的个体的人是他思考问题的基本前提。

从表面来看"人的文学"与"立人"的个人主义都是强调人的解放和自由，但实际上相去甚远。鲁迅反对"同是者是，独是者非"的观点，那些所谓的平等原则也是牺牲少数明哲之士以低就凡庸，这势必会引发社会思想的退步。因此，他以人的主体性和独立性作为内在原则，否定民主政治和自由平等的原则，与之相应地，鲁迅对于现代物质文明的批判也是从个体主观精神的自由出发，个体的意志和主观性被他抬高到崇高的地位。在此我们可以归纳出，新文化运动和五四文学革命的启蒙现代性，主要是追求社会解放和人类解放，其中的人类是作为群体性的、集体性的主体，而鲁迅意欲解放的主体是作为独立个体的人。因此可以说，鲁迅关于"人"的概念可以从两个层面进行理解，第一层是在主客体关系中以主体意志为准则，将其作为面对现实世界、现存秩序以及伦理体系的最高标准；第二层是在精神与物质关系中以精神为本体，从而将其作为人的真正本性而与物质文明相分离并相互对立。[1]

鲁迅的"国民性批判"和"人的文学"，并非仅仅尊重作为个人的国民和民众，而且还说："我的确时时解剖别人，然而更多的是更无情面地解剖我自己。"这说明鲁迅的国民性话语是一种自我在场的启蒙话语。并且，一方面他将自我与民众同样看作"国民性批判"的对象，另一方面又烦恼于个人与庸众的对立，但在对庸众的强烈批判中又有对于绝望的自省。鲁迅作品中的路人和看客，就是当时社会中"无主名无意识的杀人团"与"无物之阵"，不仅将

---

1. 汪晖：《反抗绝望：鲁迅及其文学世界》，北京：生活·读书·新知三联书店2008年版，第56—59页。

启蒙先觉者置于对立的位置，而且暴露出现代中国启蒙实践中的内在矛盾，由此以个人主义和绝望的抗争，向庸众及其文化传统提出了挑战。

而鲁迅的"国民性批判"和"立人"，虽与主流启蒙观念不太相同，却同样是为了实现文学革命的人性解放目标。五四文学革命家之所以提倡人性解放，从根本上说是在西方资产阶级思想观念影响下，构建具有现代主体精神和理性精神的人，是对扼杀主体性、漠视主体价值的"吃人"文化所进行的革命性反抗。[1] 中国革命对于人性的解放，更多是从社会政治意义上进行的，即所谓的消灭剥削与封建专制统治；从主体上来说，人性解放更应该称为人的解放，而且是作为集体的人的解放；而从文化层面来看，人的解放在于推翻封建伦理制度构建符合西方启蒙理性的人。因此从理论层面来说，鲁迅的"立人"思想已超越了西方启蒙的思想，即其思想中体现出现代思想对于现代性本身的怀疑。他以"个人"的名义对政治制度、精神原则的批判，在思维方式上体现了深刻的怀疑主义精神，这种怀疑精神把理性作为衡量一切事物的标准，除了思维理性的实在性之外，其他一切存在都是可怀疑的。因此，当鲁迅以"我"的名义对民主政治、自由平等原则与物质文明提出抗议时

---

1. 王金胜：《"五四"启蒙传统的回归与重构》，《社会科学论坛》2012 年第 6 期。

体现的怀疑主义，已超越了西方的启蒙主义，毋宁说是对启蒙理性主义进行了反思。由此可见，鲁迅哲学构建中的"反现代的现代主义"色彩，构成了对理性主义哲学的挑战。而居于其意识中心的是，人的主体性架构及其与人性解放的关系，因此可以说这是一种建立在主体性思想基础上的"反现代性"的现代性批判理论。[1]

第四节　反思启蒙、启蒙者与民众诸关系

启蒙是启发蒙昧，是民族独立与人民觉醒的精神动力，而鲁迅心目中的启蒙，是在主体性建构的基础上形成民众的独立主体以此改造"国民劣根性"。因此，启蒙不仅道阻且长，而且启蒙自身的复杂性与悖论也在实践中愈加明显。

首先是启蒙知识分子自身的思想与立场问题。鲁迅在《孤独者》《在酒楼上》《故乡》《伤逝》等作品中，通过描写五四先觉者冲破传统思想而又颓然回归的遭际与心理，揭示了知识分子在启蒙与革命实践中的怀疑与自我怀疑。至1927年左右，他感慨道："现在倘再发那些四平八稳的'救救孩子'似的议论，连我自己听去，也觉得空空洞洞的了"（《答有恒先生》）。并且，在新文化运动中造就的启蒙

---

1. 汪晖：《反抗绝望：鲁迅及其文学世界》，北京：生活·读书·新知三联书店2008年版，第61—65页。

先觉者，也在反传统的实践中暴露出自身的文化心理惰性，作为革命推动者所具备的主体地位，使启蒙知识分子心理惰性的阻力被放大化，并且常常被遮蔽。因为人们的心理还残留着神化自己和神化别人的惰性力量。启蒙知识分子之所以留有偶像崇拜或欧化恐惧的心理，最终根源在于心理上潜藏的对旧文化传统的眷恋，这就是旧文化传统所传染的毒气和鬼气。[1]启蒙者表现出的既想革新又想复古的心理弊病，被称为"二重思想"。鲁迅在解剖自己思想中的旧文化遗毒时就提出"中间物"的观点，说明任何人都不是完人，不是救世主，这是他从进化论思想出发反思五四前后知识分子思想特征而做的论断，他认为任何变革的先觉者都只是一种过渡形态的存在——这一观念揭示了启蒙者本体存在复杂性的更深层次根源。

因此，对于五四一代知识分子来说，传统从外部社会组织制度上对人和生命施加权力，又内化于个体生命后形成精神层面的规训体系。传统以这两种方式体现出无所不在的渗透性，其间的知识分子只能是历史的"孤独者"和历史的"中间物"。所以五四时期的知识分子往往在绝望与反抗绝望之间震荡、摇摆。[2]

---

1. 孙玉石：《荒野过客：鲁迅精神世界探论》，合肥：安徽大学出版社 2013 年版，第 206—207 页。
2. 王金胜：《"五四"启蒙传统的回归与重构》，《社会科学论坛》2012 年第 6 期。

除了启蒙者与启蒙的关系,启蒙实践中还暴露出启蒙者与民众关系的复杂性。关于这一问题,鲁迅试图改变传统士大夫与民众的关系,他要让"四万万阿斗做真正的主人"。[1]他主张启蒙者发出"先觉之声",发出"致吾人于善美刚健"的"至诚之声",这使鲁迅虽并未完全摆脱启蒙主义的立场,但同资产阶级革命派的"恩赐革命"的"愚民政策"比较起来,则带有更彻底的革命民主主义思想的特征。

鲁迅的创作关注那些无名或有名的人物,在某种意义上,他们代表着封建社会的一般社会关系的性质与面貌,正是通过对他们的描写把小说中的个别事件上升到普遍性的高度,从而获得概括整个封建社会的典型性力量。[2]但是独异个人与庸众的相对及其冲突,却成为鲁迅"野草"时期的重要文本"原型"。其中《复仇》是由两个互相对立的象征性意象构成的,裸身男女的意象是觉醒先驱者的象征,而那些"要鉴赏这拥抱或杀戮"的路人们,则可理解为"无主名无意识的杀人团",是欣赏残酷与表演的看客。[3]并且民众作为一种常态已成为一股外在于自我的异己力量,实际上已形成一种根深蒂固、无孔不入的强大力量,和阻碍一切新生因素的矛盾和

1. 罗岗:《阿Q的"解放"与启蒙的"颠倒"——重读〈阿Q正传〉》,《华东师范大学学报》2013年第1期。
2. 王富仁:《先驱者的形象》,上海:华东师范大学出版社2014年版,第68页。
3. 钱理群:《与鲁迅相遇》,北京:生活·读书·新知三联书店2003年版,第282页。

冲突。鲁迅对庸众和"无物之阵"的挑战是启蒙者对其启蒙对象的挑战，这会使启蒙知识分子陷入虚无与悖论的境地。

因此，鲁迅以决绝的姿态向社会和民众复仇，这种复仇背后潜藏着难言的痛苦和孤寂，进而是对自我力量产生的深刻怀疑。复仇俨然成为是一种自残式的选择，这纯然是一种鲁迅式的"复仇"，在这种决绝的复仇中深藏着悲悯的因素，即鲁迅的复仇起因于悲悯的情感，"怒其不争"是因为他"哀其不幸"。在这种决战的孤独感中透露出无治的个人主义色彩，鲁迅对此予以警惕，说这是人道主义与个人的无治主义两种思想的消长起伏。在《复仇（其二）》中又借用"耶稣的受难"意象，其指向却在审视观照自我。而在《颓败线的颤动》中，作者选取了具有血缘关系的象征性意象，而且在"老妇人"决绝的复仇中爱与憎又无法断然分离，是纠葛交汇的统一体。由此可见，"子女"不是某种社会群体的具体所指，实质上已转化为一种由历史传统和现实关系所组成的社会力量，是与鲁迅为代表的先驱者形成对立的异己力量的象征性揭示。它是鲁迅等一代先驱知识分子所无法回避、必须时时面对的社会环境和现实条件，却也是进行一切社会变革的现实基础和具体对象。[1]

但独异个人与庸众的对立，会使启蒙者的启蒙功亏一

---

1. 李玉明：《"人之子"的绝叫：〈野草〉与鲁迅意识特征研究》，北京：北京大学出版社 2012 年版，第 129—130 页。

簣，因此鲁迅又怀疑自己向民众的"复仇"不过是愤激之谈而已，认为这是一种有害的倾向，所以他在"梦中还用尽平生之力，要将这十分沉重的手移开"。

第五节　绝望的抗争与主体性的构建

在启蒙时代的欧洲，先驱者是寻求理性的，之后启蒙者的身份逐渐由贵族变成平民，"人"也就逐渐演变为"人民"，由抽象的"人"变为复数的"人"。但鲁迅却没有先驱们的这份信心，他的感受习惯使他不相信复数的"人民"，因为他从阿Q们身上看到的不是理性而是奴性，他本能地从辩证的角度思考问题，认为"人"不是复数而是单数。他在这时候把个人和撒旦等同起来，说明他已经敏感到自己不但必然是先驱，而且多半也是牺牲。他只能找到这种散发着撒旦气味的"任个人"思想。[1]

"一切都是中间物"的观点也成为他牺牲的依据，他看到启蒙者自身显露出来的弊端，看到民众对启蒙者的对立态度，内心的失望迅速深化并引发深刻的怀疑与自我怀疑。到20世纪30年代，更发展成为所谓的"横战"，而憎恨黑暗的基本心理情绪是鲁迅压制"鬼气"的主要支撑，并

---

1. 王晓明：《所罗门的瓶子》，上海：华东师范大学出版社2014年版，第11—13页。

生发出"绝望的抗战"精神。

鲁迅虽以"独战"自解却仍然坚持启蒙和革命的使命，这就要除去自身的"鬼气"。因此在其作品中，经常出现与封建统治制度、传统文化和庸众进行抗争，以及构建独立的主体性而产生的矛盾，这使他反抗、绝望继而生发出绝望的抗争。人的主体意识在抵抗中更加自觉，这种在抵抗过程中形成的自我就是竹内好所谓的鲁迅/中国现代化模式，他的"回心"就是"对于自身的一种否定性的固守与重造"，同时也是主体在他者中的自我建构与自我选择。[1]鲁迅的"个人主义"以及为构建国民和自我主体性而进行的绝望抗争，正是中国启蒙与革命的重要动力，也是我们反思启蒙现代性的重要借鉴。现在，不仅西方左翼开始反思启蒙现代性与资本主义之间的合谋关系，当代中国的社会主义制度与启蒙现代性之间存在着的悖论，也成为马克思主义知识分子关注的重要社会症候，"现代性"不仅显现出内在的悖论，也显现出阻碍社会主义、共产主义制度发展的因素。因此，五四时期的启蒙运动与现代性追求，对于历史发展的积极作用的确不可抹灭，但像鲁迅一样反思中国启蒙现代性对于个人主体性的忽略，以及反思现代性对于制度纯粹性的破坏，等等，更具有当代意义。

---

1. 吴娱玉：《詹姆逊"民族寓言"说之再检讨——以"近代的超克"为参照兼及"政治知识分子"》，《中国比较文学》2016年第4期。

第六章 "儒托邦"共同体与身体／非身体惩罚

——陈忠实文艺思想中的儒家话语与身体话语

《白鹿原》是陈忠实在 20 世纪八九十年代在现代主义、后现代主义背景下，以民间立场反观清末民初至新中国成立初期由前现代化向现代化、后现代化过渡的"民族秘史"。也就是说，《白鹿原》中蕴涵着新时期以来的众多文化思潮以及西方现代主义、后现代主义理论的影响。陈忠实试图以"白鹿原"这一"儒托邦"共同体来回应"寻根"之殇，以文化心理结构来超越"阶级叙事"和"革命叙述"，以"田小娥"和性描写对旧礼教压抑人性进行"反向书写"，但与这些思想相涉的儒家话语、革命话语、启蒙话语与身体话语之间，产生了互相建构与互相消解的动态性关系。其中，关于儒家话语与革命话语的讨论并不少见。而本章试图拨出冗杂，从儒家话语与身体话语的关系这一角度出发，揭示陈忠实在重塑"民族秘史"时有意识或无意识地涉及的"规训"与"身体"，或以与之不谋而合的西方理论为参照和媒介，揭示陈忠实文艺思想深处的诸话语及其龃龉之处。

第一节　儒家话语的复魅与"儒托邦"共同体建构

在《白鹿原》中，在面对封建帝制湮灭与现代民族—国家权力暂未完全掌控乡村社会的空白期，白嘉轩和朱先生通过编制《乡约》，解决了"没有皇帝的日子怎么办"的时代困境。他们在一个较为封闭自足的儒家文化时空体中，重塑儒家文化秩序，构筑"儒托邦"共同体，而儒家话语与宗族权力之间也形成了一个"话语—权力关系"，与现代民族—国家权力形成了一隐一显的权力格局。

一、重塑"儒托邦"共同体与宗法伦理秩序

陈忠实指出，《白鹿原》写的是"白鹿精魂"，准确地说是宗法文化废墟上的民族精魂。如果说，我们把"白鹿"看作传统儒家文化的符号，那么，白嘉轩和朱先生就是儒家文化的人化和肉身化。陈忠实曾说："白嘉轩就是白鹿原。一个人撑着一道原。白鹿原就是白嘉轩。一道原具象为一个人。"[1] 在这个意义上，《白鹿原》写的就是"仁义白鹿村"的灵魂，以及儒家圣典《乡约》的肉身化体现者白嘉轩的命运史。[2] 与白嘉轩相比，作为儒学传人朱先生则缺乏人间烟火和肉身性，更接近于抽象的儒家精神化身[3]，而过于传奇化、概念化、象征化乃至神秘化的渲染，也使其被指责为"多智而近妖"[4]。这些过于理想化的符号和带有浓厚乌托邦意味的白鹿原共同体，反映了20世纪90年代初中国文化自我建构的需要。[5]

中国传统社会是家族本位的社会，国家是家族的延伸和扩大，家族权力同国家权力之间形成异性而同构的关系，家族权力成了国家权力的代理者。[6] 在《白鹿原》中，以地缘和血缘亲疏为基础的乡村伦理秩序也即宗族制、家长制，以及以儒家文化为主的传统文化，共同构成了一个"认

---

1. 陈忠实：《寻找自己的句子——〈白鹿原〉创作手记》，上海：上海文艺出版社 2009 年版，第 89 页。

2. 郜元宝：《为鲁迅的话下一注脚——〈白鹿原〉重读》，《文学评论》2015 年第 2 期。

3. 姚晓雷：《从田小娥的四副面孔看陈忠实乡土中国叙事的伦理生成》，《中国文学批评》2016 年第 4 期。

4. 郜元宝：《为鲁迅的话下一注脚——〈白鹿原〉重读》，《文学评论》2015 年第 2 期。

5. 陈晓明：《陈忠实：现实主义的完成》，《文艺报》2016 年 5 月 6 日。

6. 贺敏：《文化的颠覆与救赎——试论〈白鹿原〉的文化内涵》，《湖南社会科学》2013 年第 2 期。

识—司法"结构[1]或"话语—权力"结构，也由此构成了一个"儒托邦"共同体。这个"儒托邦"共同体随时可能崩塌，但过渡时期的独特时空状况又暂时维持了它存在的可能性。在白鹿原上，《乡约》、族约族规、家规等文化规约共同构成了一套传统儒家话语，与族长或其他士绅基层行使的类似于审判权、司法权达成共谋，这些符号和"意识形态机器"共同构建了一个"话语—权力"结构。所谓的权力，主要体现为对人的控制和支配，而规训性的权力机制是通过规范化的训练来支配、控制甚至造就人的行为。这种支配和控制不是借助暴力、酷刑使人服从，而是通过日常的规范化的纪律、检查和训练，对人的肉体、姿势和行为进行操纵，制造出按照一定规范去行动的驯服的肉体。这是一种既把人视为操练对象又视为操练工具的权力的技术。[2]而"话语"是由一组符号序列构成并被确定为特定的存在方式——符号通过陈述把主体、陈述对象以及更多的陈述联系起来。[3]因此，话语不只涉及内容或表征的符号，而且被视为系统形成种种话语谈论对象的复杂实践。[4]而儒家话语与宗法权力构成的"权力—知识关系"之间也存在

---

1. ［法］米歇尔·福柯：《规训与惩罚》，刘北成、杨远婴译，北京：生活·读书·新知三联书店 2016 年版，第 25 页。
2. 陈炳辉：《福柯的权力观》，《厦门大学学报》2002 年第 4 期。
3. Michel Foucault, *The Archaeology of Knowledge*, London: Routledge, 2002, p.121.
4. 周宪：《福柯话语理论批判》，《文艺理论研究》2013 年第 1 期。

交互的、互相连带的关系：权力制造知识，换言之，不相应地建构一种知识领域就不可能有权力关系，而不同时预设和建构权力关系就没有知识。

陈忠实试图以儒家文化重构乡土秩序，颠覆现代性"启蒙话语"，否定现代性的合法性。在封建帝制行将崩溃的权力真空期，关中学派的大儒朱先生找到了济世良方——《乡约》，它所代表的儒家文化不但没有丧失生存空间反而涅槃重生。《乡约》与族规族约、家规和祠堂，成为宗法"族权"的象征和工具，成为白鹿原族人的集体无意识。[1] 陈忠实本人也意识到了宗祠和"乡约"的特征。[2] 而且，这也是一种文学叙述的产物，其中存在着当代儒学复兴话语的呼应。但作为重建宗法伦理秩序和整体性日常生活世界的重要媒介，《乡约》只能通过侧面烘托的方式而存在，这种叙事方式暴露出在现代民族—国家政体下《乡约》以及白鹿原"共同体"的乌托邦实质。

二、儒家话语—宗法权力关系的"规训"

陈忠实曾指出，小说中的《乡约》来自《蓝田县志》

---

1. 张高领：《重建"乡土"叙述及其限度——〈白鹿原〉论》，华东师范大学 2016 年硕士学位论文。
2. 陈忠实：《寻找自己的句子——〈白鹿原〉创作手记》，上海：上海文艺出版社 2009 年版，第 109 页。

中的《吕氏乡约》。《吕氏乡约》中的儒家"关学",其内涵可以概括为"尊儒""重礼""务实"以及"重视自然科学研究"。其中"重礼"是最核心的内容。白嘉轩借助宗族制度将《乡约》中的"躬行礼教"发扬到了极致。而辛亥革命的爆发,与其说彻底摧毁了封建伦理制度,不如说在其权力完全控制乡村伦理社会前的真空期,为白嘉轩成为"立法者"和"(民间)执法者",客观上为白鹿原形成"儒托邦"共同体创造了时空条件。

在《乡约》出现之前,白嘉轩只是成长中的"准主体",辛亥革命带来的机遇、朱先生的点拨和《乡约》的实践,成就了他的黄金时代,也诱发了传统儒家文化和宗法制度的回光返照。《乡约》重塑了传统儒家文化的道德秩序,形成了一个道德共同体。在这一方面,福柯曾揭示出规训和惩罚的目的和效应:刑罚都旨在达到矫正修补的目的,都要追究个人或追究集体的责任。在这种领域中对犯罪的惩罚不是唯一因素。惩罚措施不仅是进行防范、排斥、镇压和消灭的"消极"机制,还具有一系列有益的、积极的效果。在这个意义上,虽然合法惩罚是为了惩罚犯罪,但对犯罪的界定和追究也是出于维持惩罚机制及其功能的目的。[1]

"词"构成了享有特权的符号系统,而人们用词的秩

1.［法］米歇尔·福柯:《规训与惩罚》,刘北成、杨远婴译,北京:生活·读书·新知三联书店 2016 年版,第 26 页。

序再现或表现了物的秩序。[1] 从这个意义上说，《乡约》所代表的儒家话语再现了宗法伦理秩序，二者构成的"知识—权力关系"有着天时地利人和的优势，早已阻绝了譬如"三民主义""共产主义"等其他竞争性话语在白鹿原占据主导性地位的可能。但在封建制度逐渐消亡之际，儒家话语沦为了宗法权力的附庸或傀儡。在民国政权尚未抵达白鹿村之前，《乡约》的践行虽然需要倚重宗族制度，但它意指着一种整体性的价值观和生活方式。但之后，《乡约》不但失去其整体性的意义，而且逐渐被宗法制度所收编、改造与吞并，沦落为教条式的道德规约。白嘉轩在祠堂实施惩罚时都会领诵《乡约》，并且《乡约》是与"族规族法"区分开来的，这并非将《乡约》从宗法制度中剥离出来，而是只有在宗法文化的框架下它才得以实施。此时，以《乡约》为代表的儒家话语成为宗法权力合理性的依据，但其可悲之处也在此显现：当《乡约》沦为祠堂惩罚仪式的一部分时，它就由"劝恶从善"变为"防范"，成为维护"规训权力"和惩罚机制的措施，《乡约》也就正式沦为宗法权力的附庸。[2]

---

1. ［法］米歇尔·福柯：《规训与惩罚》，刘北成、杨远婴译，北京：生活·读书·新知三联书店2016年版，第376页。
2. 张高领：《重建"乡土"叙述及其限度——〈白鹿原〉论》，华东师范大学2016年硕士学位论文。

由此可见，家族制与宗法制在白鹿原，或者说在清末民初至新中国成立前这期间的广大农村发挥着审判和惩罚的替补角色——真正的司法机构更多地在城市、乡镇以及绝大多数刑事案件中，"总里长""里长"这些行政职位也并未完全把握乡村的司法权。在农村，族长或其他士绅阶层在宗法制度中充当着类似于"审判官""法官"的职位。在《白鹿原》中，族长白嘉轩不仅在祠堂"审判"触犯族规的族人，还与朱先生编制了《乡约》，成为"立法者"。他正是以此为依据对族人的日常生活进行"规范"和"惩罚"，《乡约》及其所代表的儒家文化，成为白鹿原神圣不可侵犯的行为准则和道德准则。而处于封建帝制与现代民族—国家过渡时期的白鹿原，其规训权力和惩罚方式不仅具有"古典时期"的"表象的、戏剧性的、能指的、公开的、集体的"[1]特点，同时兼具"现代时期"对身体进行规训和控制的特点。宗法权力依托儒家话语生成合理性，对族人，尤其是族人的身体和非身体进行"规训"，对"不受规训的身体"进行惩罚，以维系儒家话语—宗法权力的运作机制。当然，民族—国家权力也拥有一套现代性的话语体系，在辛亥革命之后发挥着越来越主导的作用。但在白鹿原这一"儒托邦"共同体中，儒家话语与宗族权力却

---

1. 刘北成、杨远婴：《译者后记》，载［法］米歇尔·福柯：《规训与惩罚》，刘北成、杨远婴译，北京：生活·读书·新知三联书店2016年版，第376页。

因封闭自足的时空特点，以及陈忠实的价值取向而成为
"主角"。

第二节　作为一种"规训"的惩罚：身体惩罚与非
　　　　　身体惩罚

族法、族规和《乡约》等儒家话语依托宗法权力而衍
生，宗法权力也因儒家话语而生成合理性。这种"话语—
权力关系"对族人的身体和非身体进行规训，以维持宗法
伦理秩序。陈忠实在《白鹿原》中大肆进行性描写并创造
了中国当代文学史上独特的"田小娥"形象，她充满欲望
的肉体化身体，既是对僵滞礼教压抑人性的"反向书写"，
也与某些后现代主义尤其是身体话语相契合。

在谈论田小娥形象的缘起时，陈忠实将自己的创作概
括为"反向写作"：其写作并非基于对表现对象本体的深
入了解和把握，而是基于对某种关于表现对象的表述方式
的不满，而采用一种逆反式的方式进行创作。[1]他在看到县
志中的《贞妇烈女卷》中"××氏"时产生了一种逆反心
理："我在密密麻麻的姓氏的阅览过程里头晕眼花，竟然生
了一种完全相背乃至恶毒的意念，田小娥的形象就是在这

---

1. 姚晓雷：《从田小娥的四副面孔看陈忠实乡土中国叙事的伦理生成》，《中国
文学批评》2016年第4期。

时候浮上我的心里。"[1]陈忠实把"不回避、撕开写、不作诱饵"作为"写性三原则",以民间传播的"荡妇淫娃"故事对抗县志上标榜的崇高和沉重的贞洁,通过一个"没有任何机遇和可能接受新的思想启迪,纯粹出于人的生理本能和人性的合理性要求,盲目地也是自发地反叛旧礼制的女人"[2],来揭示"这道原的'秘史'里裹得最神秘性形态,封建文化道德里最腐朽也最无法面对现代文明的一页"[3]。

除了"反向写作",陈忠实文艺思想中的身体话语,主要来自西方后现代主义文化思潮及其带来的声势浩大的解构运动,其中包括对现代理性架构中身体价值的思考。20世纪八九十年代,中国当代文学场域中出现了大量呼唤原始本能、描写人的身体和欲望的作品:铁凝的《玫瑰门》呈现女性的肉体、器官和心理,王安忆的"三恋"展现了身体的丑陋与伟大,莫言的《红高粱》和《丰乳肥臀》歌颂母性的身体,还有以性和欲望进行讽刺的《废都》和《兄弟》,当然也有肆意呈现非理性欲望而走向无节制的"身体写作"及"下半身写作"。在当代文学史上,"身体"的突围形成了一场"系统的冲动造反,是人身上一切晦暗

---

1. 陈忠实:《寻找自己的句子——〈白鹿原〉创作手记》,上海:上海文艺出版社 2009 年版,第 14 页。

2. 陈忠实:《性与秘史》,《商洛学院学报》2010 年第 6 期。

3. 陈忠实:《寻找自己的句子——〈白鹿原〉创作手记》,上海:上海文艺出版社 2009 年版,第 79 页。

的、欲求的本能反抗精神诸神的革命"。[1] 陈忠实未必是为了演绎某种后现代理论，也并非为了迎合某种创造潮流，但在这种背景下其思想仍旧有意无意地接纳或融合了某些前沿元素。既然宗法礼教通过一系列规训和惩罚机制压抑和扭曲了人的身体与非身体，那么回到身体的本能欲望、生命冲动和潜意识就可以以此反观既有理性的局限。"田小娥"的人物设定就是为了探索身体打破理性与规训后的可能性。[2]

田小娥悲剧的肇因即是一夫多妻制以及男权中心主义的宗法伦理秩序对人的身体的控制。年轻貌美的田小娥为何会嫁给年迈的郭举人？其实，如果从传统社会的伦理秩序来看是非常合理的，因为宗法社会讲究"门当户对"和"父母之命媒妁之言"，田小娥的父亲是家境尚算殷实的秀才，而郭举人属于具有较高社会地位和社会财富的士绅阶层，田小娥即便年轻貌美，嫁给年迈的举人，对于田小娥和田家阖家来说都算是门当户对的——因为传统社会的姻亲秩序是以女性的姿色、嫁妆（以及其他与父权相关的因素）和男性的社会地位、财富来衡量的。在这里，从"革命叙述"来看，二者是"主子—奴才"模式的奴役关系，

---

1. 刘小枫：《现代性社会理论绪论》，上海：上海三联书店 1998 年版，第 23 页。
2. 姚晓雷：《从田小娥的四副面孔看陈忠实乡土中国叙事的伦理生成》，《中国文学批评》2016 年第 4 期。

或"压迫者与被压迫者"的关系，但这其实是完全契合儒家伦理秩序的。因此，陈忠实对田小娥以身体和欲望反抗礼教的情节和人物设定，从一开始就与他重塑儒家伦理秩序的夙愿相龃龉。

在《白鹿原》中，儒家话语与宗族权力对白鹿原族人的规训，也就是福柯所谓的"对肉体的政治干预"。身体只能在儒家话语—宗法权力秩序内部活动。也就是说田小娥在婚姻制度之内即便是处于被奴役、被虐待的状况也是符合秩序的，而"通奸""红杏出墙"则是触犯儒家话语—宗法权力的，是违规的。除了通过对身体进行规训使之符合婚姻制度，在小说的两次惩罚则是宗法权力直接惩罚身体的举措：一是白嘉轩命令白孝文在祠堂惩罚田小娥，二是白嘉轩惩罚白孝文。白嘉轩在祠堂上命令白孝文用刺刷抽打田小娥的惩罚不仅是对肉体的惩罚，他还用《乡约》、族规、家规等构造了一套话语体系，一套涉及道德伦理秩序的传统儒家话语体系，以此来为惩罚提供合理性依据。惩罚实施的场所——"祠堂"也是这一话语体系的一部分。这一场惩罚是针对田小娥肉身化的身体施加的酷刑，同时对她的非身体施加了惩罚，换言之，"灵魂进入刑事司法舞台"[1]。对白孝文的惩罚也大致如此，但准确地说，作为白

---

1. ［法］米歇尔·福柯：《规训与惩罚》，刘北成、杨远婴译，北京：生活·读书·新知三联书店 2016 年版，第 25 页。

鹿原的族长继承人和白嘉轩的长子，白孝文自小就遭受了儒家文化的"规训"，以及儒家话语和宗族权力对他施行的"微观政治学"，他的身体和灵魂长久地浸淫在"规训"中，塑造了一种生理和心理的病态状态。这种病理症候不仅是对宗法权力扭曲精魂、压抑肉体的极端化演绎，同时也呈现出被规训的人们的普遍状态——人们的性行为和欲望必须处于规训权力的控制和规范之下。而这些身体惩罚和非身体惩罚，正是儒家与宗族的"认识—司法"结构发挥规训权力的机制。

田小娥、黑娃、白孝文等这些"不受规训的身体"，触犯了甚至撼动了白嘉轩与朱先生殚精竭虑而构筑的"儒托邦"共同体。因此，这些以身体为中心的肉欲的罪过就成为惩罚的对象，"审判官"白嘉轩通过对身体的追问，对身体各个部位、器官以及灵魂的追问来确定肉欲之罪——这是"淫欲的诱惑"。[1]

族长白嘉轩在祠堂中实施惩罚，其惩罚实践的对象不仅是肉体化的身体或身体化的肉体，也针对情欲、本能、变态、疾病等因素。冲动和欲望成为权力规训的惩罚对象，因为这才是身体不受规训的内在原因。的确，这种非身体惩罚机制是关于"灵魂"的，但惩罚最终涉及的总是肉体，

---

1. ［法］米歇尔·福柯：《不正常的人》，钱翰译，上海：上海人民出版社 2003 年版，第 207—208 页。

即对肉体及其力量、肉体的可利用性和可驯服性的控制和征服。准确地说，这是涉及整个身体的惩罚机制。[1]身体的"灵魂"确实存在，它是由一种权力的运作而在肉体的周围和内部不断产生出来，因此，应将这种灵魂视为与某种支配肉体的"权力技术学"相关的存在。灵魂产生于各种惩罚、监视和强制的方法，体现了某种权力的效应、某种知识的指涉、某种机制。借助这种机制，权力关系造就了一种知识体系，知识则扩大和强化了这种权力的效应。其实，这些被微观政治学所规训的人，其本身体现出的规训效应远比他感觉和意识到的更为深重。白孝文经过由性灵的压抑到肉欲的放纵，不具备任何革命性的他只能听命于肉体的支配。白孝文的性障碍代表了儒家文化对人的身体和欲望的控制，是一种灵肉分离的状态。儒家文化需要人们清心寡欲，因为身体是从事农业劳动等经济行为的重要物质基础。白孝文从一开始到成亲都存在着严重的性障碍，而在田小娥勾引白孝文并被白嘉轩惩罚之后，竟奇迹般地痊愈了。与其说这种性障碍是一种生理疾病，不如说是一种由于"话语—权力"结构对身体进行规训而造成的创伤。

在儒家话语与宗法权力之下，人遭受到身体/非身体的惩罚，肉体直接卷入某种政治领域，权力关系直接对其

---

1. [法] 米歇尔·福柯:《规训与惩罚》，刘北成、杨远婴译，北京:生活·读书·新知三联书店 2016 年版，第 17—27 页。

进行干预和控制，身体强迫符合规训或完成某些任务。并且，在对肉体的政治干预与对肉体的经济干涉之间存在着复杂的关系，因为肉体只有被控制和支配才可能形成生产力。[1]"耕读世家"的祖训就是使肉体既具有生产能力又被驯服，这样才能使肉体变为一种有用的力量。[2]而身体这一包含着灵魂与欲望的肉体，其自身蕴含着内在的颠覆和解构作用，尤其是性和灵魂的极端状态有时会成为反叛规训权力的恶魔性力量。

第三节 "性武器"与身体话语的反抗

权力对肉体的征服既是通过暴力工具或意识形态，也可以是直接实在力量的对抗较量。对肉体的征服可以通过一种关于肉体的"知识"来构建和具体设想出来，这种知识和驾驭被福柯称为肉体的政治技术学。而这些施加于肉体的权力，应被视为一种以计谋、策略、技术、控制来实现其支配效应的战略。权力在实施时不仅成为强加给"无权者"的禁锢和义务，并通过干预他们而得以传播。更为

---

1. ［法］米歇尔·福柯：《规训与惩罚》，刘北成、杨远婴译，北京：生活·读书·新知三联书店 2016 年版，第 27—28 页。

2. 参见［意］保罗·维尔诺：《诸众的语法》，董必成译，北京：商务印书馆 2017 年版。

隐秘的是，在人们反抗权力的控制时权力也对人们施加压力。这就意味着，这些关系已渗透进社会深层。[1]

身体既是权力进行规训的工具，又是反对权力话语的利器。《白鹿原》中的身体话语无疑借鉴了西方的身体理论和身体话语：从尼采的身体即权力意志，到乔治·巴塔耶注重色情的爆发性力量，吉尔·德勒兹和菲利克斯·加塔利具有生成性的"欲望"，再到米歇尔·福柯构建的身体谱系学以及揭示身体与"权力—知识"之间的关系。正是这些"身体"成为陈忠实的性描写背后的话语方式和思维方式。陈忠实要把性撕开来写，以此解析人物的性形态、性文化心理与性心理结构，但又要把握分寸，不以性为诱惑读者的诱饵。[2]

白嘉轩曾将男人是非成败的经验概括为"所有男人成不成景戏的关键在女人。"[3]这其实体现了儒家话语—宗法权力对欲望、身体的规训和恐慌。在《白鹿原》中，田小娥为了复仇就把性和欲望化为武器。而欲望如何成为武器？"性武器"有什么独特性？"性武器"如何发挥抵抗和复仇的作用？"欲望"有别于"本能"，是经过诸种想象性—

---

1. ［法］米歇尔·福柯：《规训与惩罚》，刘北成、杨远婴译，北京：生活·读书·新知三联书店2016年版，第27—29页。
2. 陈忠实：《寻找自己的句子——〈白鹿原〉创作手记》，上海：上海文艺出版社2009年版，第196—199页。
3. 陈忠实：《白鹿原》，北京：人民文学出版社1993年版，第492页。

符号性（imaginary‐symbolic）的方式而建构出来的。"女性"被弗洛伊德称为"女性性态的本质之谜"。[1] 在拉康主义精神分析中，"男性性态"（masculinity）与"女性性态"（femininity）并非是由生物性决定的，而是指两种主体位置："男性"的位置处于现实世界的意识形态秩序之内，"男根"是在语言中构建出来的"主宰—能值"。因此，作为符号性秩序的现实世界便是"男根的"，男人彻底地被"男根功能"所决定；而"女性"处于整个"男根中心主义"的意识形态尚未整合的深渊性—溢出性位置[2]，是整个意识形态秩序的例外。这意味着女性并不完全被"男根功能"所决定，而身体则成为女性突围的利器。

为了反抗自己作为传统"一夫多妻制"的婚姻奴隶和性奴隶的身份，在用性武器来对抗郭举人和整个儒家伦理秩序带来的虐待和桎梏时，田小娥及其共犯黑娃就成为儒家"规训"秩序的触犯者，并且他们也会被性武器所伤。由于身体具有非理性的特点，在具有抵抗的革命性的同时，也可能造成恶魔性的效果——两败俱伤。

从启蒙话语来看，田小娥与黑娃的反抗是追求恋爱自

1. Sigmund Freud, *Standard Edition of the Complete Psychological Works of Sigmund Freud: XXII*, James Strachey, New York: Norton, 1953, pp.74—113.
2. 吴冠军：《"只是当时已惘然"——对〈色·戒〉十年后的拉康主义重访》，《上海大学学报》2018 年第 1 期。

由和婚姻自主，是符合现代启蒙运动和妇女解放运动的行为；而从传统儒家话语来看，他们则是"越轨""私通"和违背儒家伦理秩序的大逆不道之人。但在叙述层面，陈忠实带有过度肉欲色彩的性描写，也使最初的"启蒙"叙事转变为儒家伦理秩序再生产中需要被规训的身体。在涉及性描写时，凡是婚姻之内的性描写大多含蓄而节制，凡是"野合"的性描写则粗俗露骨。而这些粗俗的性描写大都与田小娥有关，并且她经常在性关系中扮演着引诱者角色。与婚姻制度内同样扮演着引诱者角色的妻子相比，田小娥的性关系不仅不符合婚姻制度的合法性，还因陈忠实充满过度肉欲色彩的性描写，超过了传统人性解放的叙述风格的尺度。并且田小娥式的性引诱并非为了传宗接代，而是为了性放纵。因此，从陈忠实的叙事方式与叙事效果来看，田小娥并非被儒家伦理规范所摒弃的"弃妇"，也并非自觉的人性启蒙者，而是作为儒家伦理合法性的对立面而被纳入其再生产过程中，她的被压迫者和受害者的身份已被"荡妇"形象所取代。[1]

　　一开始，田小娥的性武器只有在借助儒家文化时才能给予郭举人以最大的报复和羞辱："私通"不仅侵吞了郭举人的"私人财产"，还最大限度地侵犯了他的尊严。但田小

---

1. 张高领：《性别、阶级与儒家伦理——再论〈白鹿原〉中的田小娥形象》，《文艺理论与批评》2017年第4期。

娥假借的武器和"帮凶"(儒家)却会反噬到她。田小娥不仅成为儒家文化和整个白鹿原的众矢之的,成为"规训权力"秩序的被排斥者、被控制者,而且会身陷性欲之中,在欲望中失去原本较为自觉的性解放和性报复意识,而再一次成为无意识的性奴隶。这在田小娥与白孝文的性关系中也是如此,二人原本是施为者与受为者的关系,但都被欲望逐渐吞噬,沉浸于非理性和不自觉的快感中,成为欲望的奴隶。

可见,田小娥和白嘉轩之间的较量就是人性启蒙和儒家—宗法制度之间的较量,是欲望和权力"规训"之间的抗衡。白嘉轩背后拥有一整套儒家话语体系和宗族伦理秩序,还拥有一系列暴力机器和被规训之人。而田小娥只是一介女流之辈,其抵抗工具只有身体,并且是自我毁灭式的、恶魔性的武器。但是更为深层的是,这种微观政治学的规训权力在干预和控制人的身体时,会通过这些身体进行传播;正是在身体抵抗权力的控制时,权力施加着压力。

因为,在儒家话语—宗法权力看来,"不受规训的身体"都是可怕的瘟疫。在这种类似于医学或卫生学的视角下,人们正常的欲望和身体本能变为"不正当"甚至"不正常"的。除了被不公平的婚姻制度逼迫成为"淫娃荡妇"的田小娥,以及被宗法压抑成性无能的白孝文,在白鹿原上还有无数受害者。比如嫁给鹿兆鹏的冷先生女儿,在新婚之夜被丈夫抛弃而逐渐产生性妄想，又因为公公鹿子霖的挑逗而加剧了她的谵妄，患上了淫疯病。更为隐秘的是，即便是那些被称为"贤妻良母"的"××氏"，绝大多数也是推崇忠贞守节的礼教的受害者。面对这强大的对手，女性的反抗只能是自我毁灭式的、疯癫式的。田小娥对他人最大的仇恨是"尿他一脸"，鹿子霖的儿媳妇面对公公的性挑逗和性诱惑只能以压抑之后的疯癫来反抗——她就是白鹿原上的"阁楼上的疯女人"。田小娥及其携带的欲望在白鹿原上引发了人性解放和女性解放的启蒙效应，鹿兆鹏甚至称黑娃是白鹿原上追求婚姻自由的第一人，黑娃、白孝文和鹿子霖的欲望都被点燃了。但这场"启蒙运动"在一个"儒托邦"共同体中，注定不能成为席卷白鹿原的运动，注定只能以失败告终。

陈忠实以同情"盲目地也是自发地反叛旧礼制的女人"开始，却以旧礼制重新控制和战胜田小娥告终。从叙事角度来讲，这与陈忠实的价值取向和叙事方式直接相关。田小娥在打破被压抑、被迫害的地位后，仍渴望进入祠堂获得宗法伦理的认可（她竟然成为"欲作奴隶而不可得"之人），但她想获得合法的"妻子"身份的资格也被剥夺了。田小娥不仅在宗法道德上有缺憾，而且在生理上也有缺陷——她无权成为一个母亲，这切断了她与儒家伦理规范产生合法关联的可能性。田小娥看似突破了儒家伦理秩序的束缚，然而最终却成为叙述者笔下因违背儒家伦理秩序不得善终的"典范"，沦为儒家伦理秩序再生产的一环。因为，颂扬女性解放和重塑儒家伦理秩序的意图之间存在着内在的裂痕，叙述者由此陷入了自相矛盾的困境。

当背叛儒家伦理、在革命中翻云覆雨的黑娃，在践踏祠堂之后竟然向朱先生拜师，重新跪伏在白鹿祠堂时，昭示出了白嘉轩和儒家话语—宗法权力的胜利。叙述者看似修复了田小娥撕裂的儒家伦理秩序，但这只是一种虚妄的胜利：当被看作胜利象征的黑娃重新进入祠堂并成为大儒朱先生的弟子时，却无法面对六棱塔下被镇压的田小娥。黑娃的内心是否完完全全地放下田小娥而皈依儒家、宗法，这一复杂心理被陈忠实暧昧地处理了。因为陈忠实的价值取向和叙事方式无法直截了当地进行取舍；换言之，叙述者根本无法直面这一抉择，否则将陷入自我解构的境地。并且，白嘉轩的行事态度以及朱先生的"鏊子说"，都表明了他们对现代民族—国家以及民主革命的拒斥态度。在此意义上，在叙述者试图在儒家伦理秩序内部重构女性解放叙事的过程中，不但因态度暧昧而使女性解放失去合法性和合理性，而且无法回应传统儒家话语与"革命叙述""启蒙话语"之间的关系，从而在儒家伦理秩序内部留下了难以弥合的裂隙。其实，叙述者笔下"人性解放"的合理性与儒家伦理的合法性并未正面交锋，前者还未成为一个真正的问题便被后者所取代，在田小娥背后始终游荡着宗法男权的幽灵。田小娥身上呈现的难题并非孤立的文学叙事问题，而是不同话语内在冲突的表征。[1]

在《白鹿原》的结尾部分，宗族文化借鹿三之手在肉体层面消灭田小娥，通过白嘉轩修建六棱塔从精神层面镇压田小娥，最后通过高玉凤引导黑娃重返祠堂而从道德伦理层面彻底战胜田小娥。为何陈忠实将倾注自己一腔热情的"田小娥"叙述成被镇压的恶鬼邪灵，永不得转世投胎？难道真的是宗法权力战胜了人性和身体？其实，陈忠实曾眼含热泪地说："活着的小娥反叛失败，死了的小娥以鬼魂附体再行倾诉和反抗，直到被象征封建道德的六棱塔镇压到地下，我仍然让她在冰封的冬天蛾化蝶，向白鹿原上的宗法道德示威……你竟然不体察我的良苦用心。"[2]原来，陈忠实仍是深爱这一六棱塔下不屈的"女神"，而这就是他所谓的"完全相背乃至恶毒的意念"。

---

1. 张高领：《性别、阶级与儒家伦理——再论〈白鹿原〉中的田小娥形象》，《文艺理论与批评》2017 年第 4 期。
2. 陈忠实：《我相信文学依然神圣》，《延安文学》2006 年第 5 期。

第七章 《城乡简史》：个人性历史叙事与自我他者化

范小青的《城乡简史》因"凸现了当代城乡变革中的人性复杂性"而获得了第四届鲁迅文学奖的全国优秀短篇小说奖。本章试图从叙事形式上，解析《城乡简史》如何通过融汇宏大历史叙事和个人叙事创造出一种新型形式；再从内容和人物的自我塑造上，阐释小说如何揭示了城乡发展过程中农村人的双重异化问题。

第一节 个人"小历史"叙事与城市"大历史"叙事

苏州作家范小青一直致力于地域性写作和历史写作，包括《城市表情》《女干部》《裤裆巷风流记》《赤脚医生万泉和》《父亲还在渔隐街》和《后岗的茶树》等。她的地域性历史写作既非传统的宏大历史叙事，也非完全"先锋"

的新历史主义写作或"私人叙事"，而是一种探寻通往城市
"大历史"的个人历史叙事，或者说是试图贯通"小历史"
与"大历史"、城与乡、历史与个人的历史叙事。"历史，
在他们身上"——这是范小青一直以来试图建构的文学性
历史观，其中获得"鲁迅文学奖"的《城乡简史》可以说
是这种观念的典型代表。

《城乡简史》[1]是城里人以类似于日记的"账本"形式记
录下与消费行为有关的故事，构建了城市形象与现代化的
"消费主义乌托邦"。而农村人也参与到了城市塑造权威形
象以及实施微观政治权力的过程中，在被他者化的过程中
实施自我他者化并对他人实施他者化。这些个人的"小历
史"和城市化的"大历史"都是通过个人历史叙事实现的，
这种叙事主要是由日常生活语言和文学性话语修辞构成的，
其中的个人性、私人性，一方面显现出缺乏统一的参照系
数和评价标准而滋生的偶然性和随机性，另一方面又在
"逸闻主义"的琐屑历史叙事中塑造出"城市历史"的整体
形象。因此可以说，这种逸闻主义的历史叙事也是试图贯
通个人"小历史"和城市"大历史"的新型叙事形式。

文学创作中的"大历史"与"小历史"，即个人与历史
的关系状态。所谓"小历史"是那些局部的、常态的历史，

---

1. 范小青：《城乡简史》，《山花》2006 年第 1 期。

譬如个人性历史、地方性历史，或日常生活经验的历史、社会惯制的历史等；而与之相对的"大历史"则是全局性的历史，如朝代更替、治乱兴衰及其他重大事件、人物、典章制度的历史。[1] 范小青的作品大多表现苏州的地域性叙述和城市小人物的日常生活，较少宏大的历史叙事结构和强烈的时代政治意图，但她较为个人化的叙事并非完全的自为、封闭，在个人日常生活中也有时代的历史文化因素。在文本中，她通过历史社会背景、关键性历史事件以及对时间的穿插处理等不同方式来构建"大历史"，或将"大历史"因素作为支撑地域性历史和个人日常生活的潜在依托。虽然范小青观看"大历史"的方式仍是日常性的、个人性的，但她却试图使"大历史"与"小历史"产生对话，尝试构建一种贯通个人日常生活与城乡发展历史的新型叙事。

在《城乡简史》中，农民王才一家进城的经历是新世纪农民工进城的代表，这也是当代中国现代化、城市化的重要环节。当然王才一家与之前的农民工并不完全相同，他们不是以务工赚钱为诱因和目的，而是想要过城里人的生活，这恰恰是城市化和现代化双重结合所产生的效果。小说中那本类似于日记的账本代表了一种历史记忆，见证了当代社会经

---

1. 赵世瑜：《小历史与大历史：区域社会史的理念、方法与实践》，北京：生活·读书·新知三联书店 2006 年版，第 10 页。

济的历史变迁：城市的物质生活条件、消费购物观念、思想心态都发生了翻天覆地的变化。农民王才正是被账本中记载的一瓶昂贵的"香薰精油"激发起兴趣。王才父子无法用已有的经验解码账本中的语言，想要通过字典来把握"香薰精油"所代表的现代消费生活也失败了——小说里的"字典"作为一种典型的通用文化符码和语言参照标准，却没有"香薰精油"这一词条，表现了作家对城市化、现代化进程已超越了人们此前已往的认知经验状况的警觉。可以说，这本账本是贯穿个人与时代历史的重要媒介，也是引发王才渴望体验城市生活并成为城里人的欲望动力，当然也是导致王才的自我被双重他者化的直接诱因。城里人蒋自清的账本并不仅仅记录账目，有时会超出账本的内容和意义，他会记录下购买的东西、价格、日期以及周围环境、前后经过等，"基本上像是一本日记"。而且自清的性格"顶真"得很，这就使账本记载了许多私人性的、琐屑的历史内容。通过这些琐屑材料构建的"城乡简史"，也就非常类似于新历史主义的"逸闻主义"历史文本，而这些轶事趣闻、意外插曲或奇异话题，可以达到改写或修正特定历史语境中占支配地位的主导文化符码的解构效果。

但这种个人历史叙事背后的历史往往会躲藏起来。因为个人叙事中的许多内容是私人性的、琐屑化的，有时某些符号可能无法被解码，"无论怎么想，都只能是推测和猜想"[1]，因此历史有时无法被准确地记录、传播和接受。正如自清账本里的"南吃"就成为无法追寻的历史。因为历史只能以文本化的形式才能为人们所接近，而文本化历史的本质是一种遵循文化规约和修辞策略的语言。语言是由能指与所指构成的，某一能指所指向的所指，需要依靠相似性或相近性原则找到其他能指所指涉的无限的所指链，这种看似非常逻辑的原则实则是依靠社会文化规约来运行的，因此"推理"或"搜索"的方式，都未必能找到能指与所指之间精准的所指链。而私人话语在文化规约的共通性上有所欠缺，因此个人历史叙事的语言编码就很可能因为主客体之间缺少相似性原则，而无法得到符合原来能指与所指关系链的解码，即使解码也很可能因为误读而成为另一种无法正确解读的编码。

用新历史主义的观点来阐释，就是：那些真正发生过或据信发生过的历史事件已不再可能被直接感知，想要将其作为思辨对象来建构，就必须用某种语言来加以叙述。历史文本需要是利用普通语言（即推论性语言）作为"第三类参照物"。并且在使支离破碎和不完整的历史材料产生意义时，必须要借用柯林伍德所说的"建构的想象力"。[2]

---

1. 范小青：《城乡简史》，《山花》2006年第1期。

2. ［美］海登·怀特：《作为文学虚构的历史文本》，载张京媛主编：《新历史主义与文学批评》，北京：北京大学出版社1993年版，第163页。

因此对于事件所进行的分析或阐释，无论是思辨性的还是叙述性的，都是对预先已被叙述事件的分析和阐释。这种叙述是语言的替换和象征化，是贯穿于文本产生过程中的二次修正的产物。[1]语言可以提供多种建构对象并将其塑造为某种想象或概念，再使用比喻修辞方式为事件或情节赋予意义，在这一过程中并没有决定论的因素，任何词汇、语法和句法都并未遵循清晰的规则来界定某种特定言说的内涵和外延。[2]因此，即使符合特定历史时段的文化规约、遵循某种修辞策略的语言符号，也无法在解码过程中寻找到能指与所指之间精准的关联性。这些文本化的"历史"也就不成其为真正的历史，其自为存在和自在存在之间没有了必然联系，而想要按照依赖相似性、相近性原则"搜寻"历史，可能会通往多维向度，导致多种可能，历史的具体所指也会变得模棱两可。就像令人困惑的先锋小说《青黄》一样，文本化的"青黄"因为查无可证而变成永远的历史谜团。

当然范小青并非完全的历史虚无主义者，即使她记录了"逸闻主义"的个人化历史，也可能发现了文本化历史

---

1. ［美］海登·怀特：《评新历史主义》，载张京媛主编：《新历史主义与文学批评》，北京：北京大学出版社 1993 年版，第 100—101 页。

2. ［美］海登·怀特：《中译本前言》，载《元史学：十九世纪欧洲的历史想象》，陈新译，南京：译林出版社 2009 年版，第 4 页。

的符号化本质，但她仍然坚信个人化历史叙事可以通向"大历史"。对于《城乡简史》中的蒋自清而言，返回历史就是返回个人记忆，是一种超功利的、审美化的享受，个人历史叙事是私人性的、无法普适化的；但对于《城乡简史》中的王才一家来说，它却是他通往城市历史、城市想象的"史记"，也是通往城市化和现代化的强烈欲望动力。

对王才来说，账本中光怪陆离的城市生活早已超脱个人叙事的私人性，自清的消费生活成为现代化和市场经济的生动表现，这座城市也超越了狭隘的地域性限制而成为普遍的城市化象征。在中国，城市化已成为现代化的代名词，而作为城市对立面的乡村注定要成为现代化进程中的牺牲品。王才因为这本账本穿越西北甘肃小村庄到达江南的城市，他进入城市实际上是农民对现代化的追赶，或者说是对现代化的欲望。王才的改变首先体现在他对待生活的态度上，他渴望过城里人的生活，并且由于他掌握着男性中心主义的话语权因此促成了全家人的改变。但我们也应意识到，这本账本搬运过程的偶然性即历史文本传播的偶然性："历史"的传播和接受过程并不受叙述主体（自清）的主观控制，所谓的"期待读者"也并非王才、王小才这些只有小学学历的农村人，而是作者的孤芳自赏。但王才却通过误读和欲望从账本中想象、塑造出一个繁荣的城市形象。由于个人历史叙事并没有统一的标准和参照系，王才这种西部贫穷农民也没有都市生活体验，甚至无法通过电视、电影和书籍等其他传播途径形成都市形象，因此这种模糊不清、光怪陆离却繁华昌盛的都市形象，反而激发起他想要亲身体验都市生活的强烈欲望，他想通过自身经验去完善"城市历史"和"都市形象"并在这一过程中形成新的自我。巧合的是，小说中的另一主人公蒋自清，因为账本对他具有精神寄托的作用，就按照账本的流通轨迹找寻到了王才所在的甘肃小村庄。就这样，城里人和农村人因为偶然性事件而交替体验了乡村和城市的生活，以私人性的体验完善了乡村和城市的整体形象。而且王才一家恰巧住进了蒋自清所在的小区，他们无法完全理解对方及其所属的文化生活经验，但王才一家越来越安之若素，能够从菜市场捡菜叶、小鱼，能够收废品赚钱就甘之如饴。这些体验早已超出了他们最初的城市想象。

可以说，《城乡简史》具有不同于"大历史"的另类哲理意义。对于个人来说城乡差别的缩小竟然取决于偶然得到的账本；在整个社会的城乡差别还无法根本改变时偶然也可能改变人的命运。范小青非常善于运用偶然性事件或偶然性因素引发人物命运的突变，却又叙述得波澜不惊，这种类似"突转"的叙事方式，更多地体现出作者对当代社会文化变迁的关照和态度。在《城乡简史》中以账本构筑出的"城市形象"和"现代化乌托邦"，彻底改变了农村人的命运，并且农村人也积极参与到了城市化、现代化的历史进程中去。这种"乡下人进城"的新模式呈现出当代农村人的命运"简史"，这既是个人化的"小历史"也是宏大的城市化、现代化"大历史"。因此可以说，这种逸闻主义的、私人性的历史叙事是贯穿个人叙事与宏大历史叙事的新形式。

　　第二节　自我的"他者化"与异化

　　《城乡简史》通过账本构筑出的城市形象与"现代化乌托邦"改变了一家农村人的命运，如果用拉康的镜像和主体性理论来看，在这一过程中王才浸染了城市价值观、消费主义意识形态等的影响，通过尊崇"城里人"的小他者镜像，将其他农村人塑造成他者而塑造出假想的"城里人"自我形象，但城里人和城市文化对包括自己在内的农村人的他者化过程则被他忽略了。也就是说，农村人也参与到了城市文化建构权威形象、实施权力的过程中，在被他者化的过程中实施自我他者化以及对他人的他者化。对于小说中的王才一家来说，他们从账本中发现了代表现代物质文明的城市形象和城市人镜像，并因此改变了原有的价值观念和生活方式。如果说都市人在塑造城乡差别、塑造城里人和农村人的差别过程中存在着他者化、殖民化问题，那么农村人伪造异己和塑造自我的过程，就是对自我的被他者化和对其他农村人的他者化的双重不自觉，是被殖民者的自我殖民和殖民化。因此，可以说，《城乡简史》的城市"大历史"和个人历史叙事话语，揭示出现代化和城市化的消极的一面，寓言式地讽刺了这一进程中人们自我异化的普遍状态。

在当代中国，城市化和农民进城都是现代化发展的重要组成部分，"乡村乌托邦"已经在现实的映照和城市的对比下，失去了吸引城市人、留住农村人的想象性动力，而城市化、现代化的景象却通过各种形式塑造出了美好的"城市乌托邦"和"现代化乌托邦"。《城乡简史》文本中选定的地点是江南某座现代城市和甘肃西北小村庄，而设定的时间是 2005 年（这是由遗失的 2004 年账本推算出来的）。因此王才一家进城就是新世纪农民进城务工的典型案例。王才和王小才命运的改变是由于偶然得到的账本，他们通过能够抵全家一年收入的"香薰精油"，确认了城市生活和乡村生活之间的巨大差距，极大地刺激了他们进城的欲望。记账对于蒋自清来说是习惯成自然，但这些账本对乡下人来说却没有任何意义，因为"与他们的生活和人生根本不搭界"；但此时王才已经开始把蒋自清作为小他者镜像，随身携带着账本作为通入和把握城市的重要媒介。他学会了蒋自清记账的习惯，临走前理清了他在乡下的金钱账目关系。他把自清所在的城市作为目标，坐火车进城，还想找寻账本中有关坐火车的记录，才醒悟"只有乡下人才坐火车进城"。由此可见，王才通过尊崇城里人权威，并通过对比自我与权威的关系来确立自己"乡下人"的身份，却没有意识到"乡下人"也是语言所给定的符号，是预先存在的文化所预设的定义。这种乡下人的自我身份确认，也就是自我他者化、自我异化的一种形式。并且王才和城里人交流都用普通话，其实也是他试图认可官方文化并想要被认可，以融入城市主流社会文化的表现。

关于这种类似于鲁迅"主奴模式"的自我他者化过程，更为符合法国精神分析哲学家雅克·拉康的自我镜像理论。拉康镜像论的主要出发点是改造过的黑格尔的"主奴辩证法"，其核心是一种无意识的自欺关系；另一重要逻辑是由形象—意象—想象为基础的小他者伪先行性论，即自我无意识地认同于他物并将其作为自我的真实存在而加以认同。因此拉康的自我是以一系列异化认同为基本构架的伪自我，是一种本体论上的误指关系，他清醒地意识到实体性主体的虚无以及幻象与空无的关系对"我"的奴役，这才是拉康镜像理论的本相。[1]

按照马克思的观点，人通过实践创造活动使自己客体

---

1. 张一兵：《拉康镜像理论的哲学本相》，《福建论坛》2004年第10期。

化、对象化，人的本质是一切社会关系的总和。而拉康则认为人的主体性是某种精神的主体性，是一种颠倒的主体观，他认为真实的主体不是意识的自我而是无意识的主体，不是实体性的在场而是能指表征的不在场。因此拉康认为，由于自我在本质上具有内在的空虚性，需要借用外在的他者来不断确认自己，镜像以及具有镜像功能的其他事物就是重要的他者。在《城乡简史》中，王才作为男性家长对儿子和妻子来说是种权威，蒋自清作为城里人比农村人更具有优势，社会文化对城乡差距的指认也塑造出城市的权威，这些都是通过对比和他者化而塑造出的权威。拉康指出，如果没有他者系统那么自我是无法想象的，自我是在与他者的关系中建构出来的。人的镜像阶段的特点，就是主体与客体、自我与他者在镜像和想象中完全等同，这是一切认同过程之母体，镜子/他者充当着描述想象中的主体间性的模型，在这一阶段，主体由于蒙受某种视觉上的误解而产生了自我的外化。拉康哲学还将镜像阶段中主客体之间的欲望，解释为人类特殊性的体现，他说人类的欲望与动物欲望之间的不同就在于人想要得到他人的承认，这种判断必须通过"他人的形式"来判断，也就是说只有通过预先确证他人才能通过他人来确证自己。因此，处于镜像阶段的自我只是不具备真正主体功能的"认同主体"。

在镜像阶段中，自我对他者产生出的自恋性认同，就是拉康所谓的非语言的小他者。小他者伪先行性论即：不是我的他物事强占了我的位置，使我无意识地认同于他并将其作为自我的真实存在加以认同。在《城乡简史》中，蒋自清在账本中塑造的城市人形象和城市形象，对王才来说就是镜像小他者和他人之面容的小他者，它们都是先行性的，是先于王才的自我而存在的。王才最初确立的"农村人"自我和后来的"城市人"自我，实质上是以某种形象出现的小他者之倒错式的意象。拉康认为，"主体的历史是发展在一系列或多或少典型的理想认同之中的。这些认同代表了最纯粹的心理现象，因为它们在根本上是显示了意象的功能"。[1] 意象的本质正是对先行存在的小他者的认同，自我是一种对篡位的小他者镜像的心像自居。拉康在逻辑层面上将自我认同指认为想象域，正是为说明自我建构的主观性和虚假性，这种想象域的本质就是小他者的强暴性的伪先行性。[2] 王才的自我正是在和城里人的自恋式伪认同的意象关系中建立起来的。并且在他们一家看来，乡村和城市就是"贫穷的一无所有"与"繁华的样样都有"之间的二元对立，他们还在城市生活的感性经验中迸发出强烈的幸福感与认同感，初步形成了城市和城里人的价值

---

1. ［法］雅克·拉康：《拉康选集》，褚孝泉译，上海：上海三联书店 2001 年版，第 184 页。
2. 张一兵：《拉康镜像理论的哲学本相》，《福建论坛》2004 年第 10 期。

观念体系, 明白便宜没好货, 明白高端商品的价格只会越来越高。王才甚至把儿子作为他者进行讽刺: "王小才, 我告诉你, 你乡下人, 不懂就不要乱说。"王才在塑造乡下人的他者化形象过程中, 以城市和城里人为权威从而确立假想的"自我"形象。在城市与乡村的关系中也存在着这种自我/他者的二元对立模式。可以说, 农村人自我他者化的过程并非自觉, 但现代化的权威性和正当性却是当代人共同塑造出来的, 是经由农村人和城市人共同参与塑造的社会文化结构, 并且发展成为促进社会进步和激发人们欲望的巨大动力。

黑格尔曾说"欲望是人类一般活动的推动力"[1], 现代化的城市镜像实际上促进了农民欲望的生成, 甚至滋生了全社会的欲望。然而对农民来说, 他们无法接触到城市文明的核心价值, 只能感受到城市生活的表面, 都市的消费文化、商品拜物教、以物易物的关系等都侵害了农民纯朴的精神世界。并且因为他们缺乏文化资本与社会资本, 经常会遭遇到异化与工具化的情境, 商品拜物教彻底地把人与人的关系变成赤裸裸的交换关系, 把人与物的关系变为欲望关系。

拉康从心理本体论的意义上将主体去中心化, 指出

---

1. [德] 黑格尔:《历史哲学》, 王造时译, 上海: 上海书店出版社 1999 年版, 第 87 页。

"自我"是深陷于文化中并被文化构造和颠覆的分裂主体，其行为动因不是理性而是无意识的欲望。他认为："欲望既不是对满足的渴望，也不是爱的要求，而是从后者减去前者所得的差数，是它们的分裂的现象本身。"[1] 也就是说，欲望源自自我和他者比较中凸显的"差数"，也即"欠缺"，但欲望不直接等同于要求而是要求他人绝对性的认可或承认。在拉康的欲望理论里，人的欲望不是一种天生的本能冲动，它必须依附于想象界中镜子里的他人目光，而后到象征界中他者的语言才浮现出来。需要补充的是，当拉康说人的欲望是他人的欲望时，作为个体的自我原本就是一个被建构的"他人"，欲望只能在与他人的关系中才能产生，主体的欲望是对他人的欲望。这样具有象征意义的欲望便成了主体形成和社会发展的巨大动力。

《城乡简史》中蒋自清买书、记账的"欲望"以及他"顶真"的性格，都是对物欲横流的都市文化的反抗，他渴望宁静淡泊的精神世界，虽然并非预先性的欲望客体的主观化，但对其反抗而生出的欲望不能不说也是对欲望客体的否定向的内化，即内化为相反的欲望——当然正面化的欲望内化也并不少见。蒋自清把书看作他的宝贝和精神支柱，也是虚荣心作祟的"无声无息地炫耀"，因此虽然书代表着一种

---

1. Jacques Lacan, *Ecrits: a selection*, Alan Sheridan trans., London: Tavistock, 1977, p.287.

物化的精神，但"买"的消费行为本质仍然无法避免其中的他者化欲望。自清为满足清心寡欲的心理需求，其实也是为进一步塑造清心寡欲的知识分子形象而购买昂贵的蝴蝶兰，实际上仍旧迎合了消费主义意识形态的社会文化。自清家属毓秀想要处理书的想法，也是对自清买书、藏书欲望的反抗，为达成目的，她要以理服人，更要用事实说话，可谓颇费心机。更不用说她购买"香薰精油"的消费，虽是为了缓解皮肤干燥症状的需求，但美容护肤保养这种奢侈的消费欲望，本身正是由男性中心主义社会对女性外貌的要求而诱发的，经济利益和夸张广告又使这种消费欲望被激发膨胀。作为社会主要消费群体的女性，她们的欲望是被经济利益、广告噱头和消费风尚所激发的非理性欲望，具有他者性，而且还具有随机性、享受型等特点，最生动地体现了消费主义意识形态的影响。而农村人王才，如果没有接触到账本也就无从了解城里人的小他者镜像，也就不会进入消费主义意识形态和新自由主义盛行的社会文化大他者中，他全面臣服于其中，将他者（包括小他者和大他者）误认为自我，将他者的欲望作为自己的人生欲望去追求。

用拉康的观点来说，就是先有欲望客体才能形成欲望主体，前提是主体意识到决定欲望的他者的存在；而人之所以能够成为主体是因为他试图实现他者的欲望，以使自己成为他者所欲望的对象进而得到他人的认同或承认。就王才来说，蒋自清账本中呈现出的光怪陆离的都市形象激发起他想要亲身体验都市生活的强烈欲望，也就是说，原本他并没有到城市中享受城市生活的想法，他的个体的欲望最初产生于作为他者的像，随着个体进入象征界，这个小他者逐渐变成代表大他者的父系社会和社会文化制度，一旦发生认同过程，主体的欲望自然就会转变为他者的欲望，即个体的欲望变为大他者的欲望。

账本引发了王才渴望体验城市生活、成为城里人的欲望，"香薰精油"也成为他生命中的重要意象。王才不仅对蒋自清等城里人产生自恋式的认同关系，当他进入城市之后又逐渐认同于城市的物质生活条件、消费购物观念和思想心态。在这里，欲望已被去中心化只剩下语言的结构性存在，成为"他者的欲望"指向。尽管主体借助他者化的像作为媒介，找出并确认了欲望，但他并未意识到自我的欲望从一开始就已经具有了否定性。因此当他拼搏一生试图满足欲望，其结果也只能是越来越迷失在各种各样的欲望替代物之中，并以这些替代物来间接实现他者的欲望并获得他人的认可。这就是"人的欲望是他者的欲望"的最佳诠释。

第三节　现代化进程中的身份危机

对此，我们需要警惕这种欲望的他者化可能导致身份危机、造成欲望主体的二次异化，而小说中人物身份危机的根本原因是具有他者性的心理欲望。如果说想象界的镜像是引发王才第一次异化的原因，那么第二次异化则与社会文化语言机制密切相关。从表面上看是王才在言说着"香薰精油"和"蝴蝶兰"等，实际上是这些语言符号在侵入、支配着主体的言行。所以拉康说"主体的无意识是大他者的话语"[1]——主体的无意识体现出一种他者性，即主体的言说过程也即语言大他者的呈现过程，主体是被社会文化大他者所操纵的，因此每一个进入社会化过程的人都处于缺失和空位状态。不仅是王才一家或其他进城的农民才存在主体的他者化，这种主体的缺失是人类的普遍化状态。在小说开头，自清发现人被书奴役了，这是书在空间上对人的压迫逼迫而造成的，因而人要夺回自己的空间和位置，争夺自我的主体地位。但蒋自清和王才命运的改变看似是发挥主体的能动性，但他们并未意识到自我的"他者性"本质，以及自我的不完整和欠缺是一种普遍化状态。

"欠缺"理论是拉康的重要观点，根据德里达的说法，拉康把欠缺假定为一个超验能指，真理（遮蔽的 / 去蔽的）自我呈现为逻各斯；但他还指出，人类主体在心理本体意

---

1. Jacques Lacan, *Crits*, trans. Bruce Fink, New York and London: W.W. Norton Company, 2006, p.219.

义上是欠缺的，这就革命性地颠覆了形而上学的自足主体观念。[1] 拉康认为，主体的自我意识是虚假的，因为主体无论在想象界还是在象征界都会无意识地受到社会的制约，这就是欲望主体二次异化的本质体现。由于人类欲望的根本对象是要获得他者的认可，而能否获得他者认可并非由自我决定而是由作为大他者的社会秩序所决定。当个人欲望受主流意识形态和社会秩序压抑时，个体不可能构建起主体意志，主体只有认同并屈服于主流意识形态和社会秩序才能成为被认可的"人"。小说中的王才，从想象界中的镜像阶段发展到代表社会的象征界时，经历了依靠小他者镜像以建构自我以及受他者欲望决定自我欲望的双重异化过程。还需要进一步补充的是，拉康的"异化"概念与我们通常所理解的异化不同，在他看来，不知自身的真相而把想象之"象"误认为自身的真相就表现为异化。他还认为，他人代表着一种"他性"，就自我在根本上是他人而言与其将这种"他性"称为异己性，毋宁说"他性"更是人的根本性的一种表现。[2]

从本质上来说王才的双重异化并非单纯的道德问题，在自我生成的镜像过程中"他的自由是与他的奴役的发展

---

1. 严泽胜：《拉康与分裂的主体》，《国外文学》2002 年第 3 期。
2. 黄作：《是我还是他？——论拉康的自我理论》，《南京社会科学》2003 年第 6 期。

相混合的"。[1]拉康否认把自我视为现实生活中不断建构发生出来的感知实体，反之，他非建构论地揭露出真实自我建构的不可能和现实自我的被证伪。这种主体的他者性，正是当代社会现代化、城市化过程中的人类普遍状态。在现代化一方面带来经济繁荣，另一方面也带来信仰的缺失、城乡关系的错位和东西部发展的失衡，更为重要的是新自由主义和消费主义意识形态对国民精神观念结构的毁灭性冲击。因此我们一方面要承认现代化的强大动力作用，另一方面也要对社会文化大他者和权威镜像小他者保持警醒，反思主体的他者性和欲望的他者性的状态。

总之，《城乡简史》以"逸闻主义"的小历史叙事建构出城里人与农村人的形象和城乡发展的历史，寓言性地揭示了中国现代化、城市化过程中人的"自我"被双重异化的现象，暴露了人们的主体"他者性"和"欠缺性"的本质。范小青的叙事风格虽然"既无可奈何，又温婉谅解"，却借此引导我们反思并思考当代中国的发展问题。新时期以来，中国国民一方面被现代性、新自由主义和消费主义意识形态所蛊惑，盲目追求物质和享受；另一方面又在他者化和被他者化的自我塑造过程中异化，主体的欲望在认同社会文化大他者的过程中转变为他者的欲望。这揭示了

---

1. ［法］雅克·拉康：《拉康选集》，褚孝泉译，上海：上海三联书店 2001 年版，第 188 页。

人们的欲望被他者化的本相，也反向解释了社会对现代性和消费主义意识形态的推崇，如何影响了整个社会文化主体的欲望与价值观念。应该说这是当代中国人和社会文化的一个真相，也是范小青的思考和担忧。

第八章　想象主体的方法
——从农民乌托邦、共同性穷人到诸众

在 20 世纪七八十年代，后结构主义思潮中的解构主义、反本质主义等导向了"历史的终结"与"哲学的终结"，而这指向了欧洲思想的逻辑终点——不再有形而上学的力量或范畴可以构成人类共同体的终极支撑。由于这种历史语境与思想背景，在 20 世纪 90 年代，斯拉沃热·齐泽克、吉奥乔·阿甘本、安东尼奥·奈格里、阿兰·巴迪欧、雅克·朗西埃等欧洲激进左翼哲学家、美学家，开始激进地反抗全球资本主义秩序并思考如何构建革命主体的问题。[1]

对激进左翼理论家而言，重构一种左翼的反资本主义的政治谋划的核心在于重构政治主体。但是正如他们的普遍

---

1. 吴冠军、蓝江：《总序》，载［意］吉奥乔·阿甘本：《王国与荣耀：安济与治理的神学谱系》，南京：南京大学出版社 2021 年版，第 2—6 页。

看法那样，将工人阶级视为革命的抑或非革命的政治主体的主张，早已不合时宜。为了构建新的主体，齐泽克直面"政治本体论的缺席中心"，召唤"笛卡尔的主体的幽灵"[1]；朗西埃不仅重新思考穷人的意义，还提出"无分之分"（part of no part）等概念；阿甘本将抄写员巴特比的"我更喜欢不"看作潜能的句式，并视为解构构建权力关系的"誓言"和"荣耀机制"的可能[2]；而奈格里和哈特提出新的主体"诸众"（multitude）以及生命政治（biopolitics）策略。然而，在那些推崇农民、穷人和工人阶级等历史性主体的西方左翼理论家那里，诸众以及生命政治这种具有原创性的理论就成为众矢之的。卡利尼科斯指出，奈格里和哈特将诸众描述为"共同行动的独一性主体"，却未能提供一种在生产关系中处于相同阶级立场的群体如何融为政治主体的模式。[3]后马克思主义理论家拉克劳则调侃，整合工作与生命而生成生命政治并自发地协调诸众实践的机制是"上帝提供"的。[4]也就是说，差异性的主体如何构成共同性的诸众以及诸众如何组织并进行实践的机制，是最受质疑之处。

1. ［斯洛文尼亚］斯拉沃热·齐泽克：《敏感的主体——政治本体论的缺席中心》，应奇等译，南京：江苏人民出版社 2006 年版，第 4—5 页。

2. ［意］吉奥乔·阿甘本：《巴特比，或论偶然》，王立秋等译，桂林：漓江出版社 2017 年版，第 179—182 页。

3. ［英］卡利尼科斯：《谁是今日之革命主体？》，鲁绍臣译，《当代国外马克思主义评论》2013 年第 1 期。

4. Ernesto Laclau, *On Populist Reason*, London: Verso, 2005, pp.239—244.

其实，奈格里和哈特在《帝国》《诸众》《大同世界》《狄俄尼索斯的劳动》等著述中梳理了"反抗的人类学"和"抵抗的谱系"，探讨了农民、穷人、工人等历史性的主体，并且从"农民乌托邦""共同性穷人"和"工人主义"中推衍出一种生命政治美学的机制，构建出一种政治谋划与经济策略相融合的、奇异性与共同性相统一的新主体。

第一节 从"农民乌托邦"到构成性的主体

蒂莫西·米歇尔等学者认为，"农民"（peasant）由于其经济、文化和政治的历史分量而独立于工业化的工人阶级和其他阶级，并与这些阶级形成本质的区别。[1] 这种推崇农民的观点对诸众构成威胁。奈格里和哈特不仅解构了艺术作品中的"农民"形象和"农民乌托邦"的内涵，还以斯宾诺莎的构成性本体论重构了中国马克思主义中的改造农民和农民革命，构建出制造诸众的机制。

一、"农民"形象的湮灭与"农民乌托邦"的想象

在《诸众》（*Multitude*）中，奈格里和哈特梳理了现代

---

1. Timothy Mitchell, "The Invention and Reinvention of the Peasant," in *Rule of Experts: Egypt, Techo-Politics*, Berkeley: University of California Press, 2002, pp.123—152.

主义艺术转变为后现代主义艺术的历史,揭示出作为纾解"怀乡病"的农民和农民世界已然湮灭,徒留一种作为消费主义意识形态之表征的"农民乌托邦"。

随着西方现代社会的发展,艺术领域的农民成为边缘性的角色。美国文学作品《愤怒的葡萄》是资本主义市场迫使家庭农场以及小规模农业生产者背井离乡、另谋生计的典型。[1] 奈格里和哈特指出,虽然欧洲现代文学大多以"农民世界"为中心,但是,这些文学作品与其说是以作为社会阶级的农民为中心,毋宁说,是以农民所可能形成的社会形态为中心。换句话说,农民仅发挥着自然且稳定的背景作用,其地位远不及乡村生活方式重要。欧洲人也逐渐意识到,与阶级划分、财产所有以及收入分配等社会秩序相联系的农民世界已然湮灭,而农民在艺术中只是作为一种对逝去时光的怀旧之情,或与之相对应的情感结构、价值观念、生活方式或社会秩序而留存。而从保罗·高更、巴勃罗·毕加索以及戴维·劳伦斯和托马斯·艾略特等开始,西方艺术家、文学家不再沉溺于农民世界,而开始追溯原始神秘时代。[2] 最终,农民世界的文化形象乃至怀旧情怀也走向了终结。

那么,社会主义国家的农民是何种形象,又是如何表

---

1. John Steinbeck, *The Grapes of Wrath*, Penguin Books, 2000.
2. Michael Hardt and Antonio Negri, *Multitude: War and Democracy in the Age of Empire*, New York: The Penguin Press, 2004, pp.115—122.

现的？应该说，中国艺术中的农民以及现代主义话语所发出的独特声音，是探讨农民的重要参照。然而，奈格里和哈特直言不讳地指出，"《红高粱》现象"等渲染农民英雄的文化热潮并非后现代主义的"农民归来"，而是现代主义的"农民乌托邦"。

　　奈格里和哈特在张旭东对"后革命时代"《红高粱》的政治美学阐释基础上，解构了农民乌托邦的意识形态内涵。在《改革时代的中国现代主义》中，张旭东解析了张艺谋等中国"第五代"导演的电影运动对文化主体性与美学革命的幻想，以及对处于革命历史与未来中国的文化、意识形态纠葛所进行的视觉呈现。他认为，作为改革者的"第五代"电影人不仅建立新的影像制作标准并塑造新的观影群体，以寓言方式对自我、风景与媒介进行构想和并置，从而创造出一个新的表征空间，而且在调配独立于"社会主义现实主义"话语的电影语言时，不断将自身融入全球化体系的象征与意识形态领域。[1]在这种视域下，电影《红高粱》所塑造的敢爱敢恨、敢于直视镜头的农民英雄，是对中国"改革开放"后张扬个性、表达欲求的社会群体心理的肯定，是戴着农民面具的消费主义意识形态的狂欢。可以说，对现代主义话语及其所产生的乌托邦与神话的阐

---

1. Xudong Zhang, *Chinese Modernism in the Era of Reforms*, Durham, NC: Duke University Press, 1997, pp.5—6.

释，为奈格里和哈特提供了一种问题意识：从现代主义艺术与现代性、现代社会之间的关系来看，这些怀旧之作并不意味着农民世界已被重建，是因为中国"后革命时代"的现代性是欠发达国家的现代性，而并非完全的后现代性。[1]

为何奈格里和哈特要揭示农民形象的湮灭并探讨农民乌托邦的内涵？他们是为了阐明，艺术领域中农民形象日益衰落乃至湮灭的嬗变源于更深层次的问题，也就是说，在政治、经济领域乃至社会体系中的农民世界已呈衰颓之势。20世纪80年代末，电影《红高粱》斩获柏林国际电影节金熊奖等国际大奖并获得世界性赞誉，农民在全球化的舞台中心登场，并非农民成为全球资本主义时代的文化、经济和政治之主体的表征，农民世界也并未重建。

他们不仅消解了农民的英雄形象，解构了现代主义农民英雄与后现代主义社会之间的错位所导致的乌托邦想象，而且解构了政治美学的阐释机制：这种遵循"现代性／反现代性"二元对立的阐释，可能会深陷二元对立的逻辑陷阱。[2]那么，他们为何要反思政治美学的阐释机制？简单来说，关于现代主义的表征与意识形态的阐释是仅限于文本

---

1. Michael Hardt and Antonio Negri, *Multitude: War and Democracy in the Age of Empire*, New York: The Penguin Press, 2004, pp.116—117.

2. ［美］麦克尔·哈特、［意］安东尼奥·奈格里：《大同世界》，王行坤译，北京：中国人民大学出版社2016年版，第67—71页。

层面的批评，可能会限制其解构的力度。他们主张超越辩证法的二元对立而构建另类性的视角，并将解构的威力施加于事件的本质，施加于"帝国"运作机制的决定性因素之上。[1]也就是说，他们要探讨全球资本主义的统治以及霸权性生产范式，揭示出另类性的政治主体以及反抗组织的可能。

二、从"改造主体"到"制造主体"

与解构农民乌托邦不同，奈格里和哈特从中国马克思主义的"改造农民"和"农民革命"获得灵感，推衍出一条构建政治—经济主体及其革命策略的路径。

首先，在政治意义上理解作为经济概念的农民为探讨主体理论开创了新的维度。奈格里和哈特指出，农民概念的定义与财产所有权和市场关系有关。农民是指在生产和交换关系中处于特定身份的经济概念，他们拥有或有权使用必要的土地或工具，其生产主要是自给自足，但又被部分整合并从属于更大的经济体系之中。然而，在全球化时代，农民群体并非像传统的农业生产那样在经济上保持独立，也并非像农场主那样被完全纳入全国或全球市场。[2]因

---

1. ［美］麦克尔·哈特、［意］安东尼奥·奈格里：《帝国——全球化的政治秩序》，杨建国、范一亭译，南京：江苏人民出版社 2003 年版，第 53 页。
2. Michael Hardt and Antonio Negri, *Multitude: War and Democracy in the Age of Empire*, New York: The Penguin Press, 2004, pp.115—117.

此，没有就财产问题进行彻底区分的农民概念已不再适用。
而毛泽东理论的"农民阶级"是从土地所有权的角度来探
讨农民的。在《中国社会各阶级的分析》《湖南农民运动考
察报告》等文章中，毛泽东根据土地所有权将中国农民划
分为"富农""中农"和"贫农"三个等级。[1]

奈格里和哈特认为，从理论视角上来看，农民阶级理
论是从政治意义上理解农民这一经济概念的创举，而从历史
进程上来看，农民阶级的"离心"理论揭示出对有财产农民
和无财产农民的划分使其分类的两端产生离心倾向与现代化
之间的关系。这些理论使奈格里和哈特发掘出作为政治身份
的农民以及农业生产的潜能：一方面，农民这种无法涵盖所
有生产者的历史性主体，只能代表在特定社会关系中耕作和
生产的形象，换句话说，农民应成为更具包纳性的诸众的一
部分；另一方面，随着生产境况的转变，农业生产不再迥异
于其他劳动形式，而构成共同化、生命政治化的社会生产。[2]
从根本的层面来看，在社会主义和资本主义框架中的农民形
象逐渐消失，但作为生产方式与生活方式的农业却被共同性
的生产关系所包纳。从另一个角度来看，农业生产呈现出的
数字化、智能化、共同化等特征是社会生产范式"生命政

1.《毛泽东选集（第一卷）》，北京：人民出版社 1991 年版，第 3—42 页。
2. Michael Hardt and Antonio Negri, *Multitude: War and Democracy in the Age of Empire*, New York: The Penguin Press, 2004, pp.115—122.

治"转型的表征。这种阐释揭示了诸众存在的前提。

其次，改造农民和农民革命也为探讨革命组织的机制提供了重要启示。在马克思主义传统中，农民大多是在政治中被取消资格的"非政治的形象"。马克思将农民的政治消极性归咎于它缺乏交往和大规模的社会协作，而 19 至 20 世纪的马克思主义者则构建了一种不平等的联盟关系，即无产阶级扮演主动型、领导型的主体，而农民扮演被动型的、从属性的角色。具有创造性的是，中国马克思主义理论提出在政治上改造农民的主张。其实，从早期政治活动到革命斗争时期，中国革命是由农民参与而非领导的革命，直到革命斗争以及新中国的改革、革命时期，毛泽东的政治焦点才转向了农民阶级。[1]

奈格里和哈特强调，准确地说，焦点并非转向实际存在的农民而是可能存在的农民，即被改造后擅于沟通且积极主动的农民阶级成为革命的主体。吊诡的是，"农民阶级的终极政治目标是作为阶级的农民的自我消灭"，换句话说，革命的最终胜利意味着作为独立政治范畴的农民阶级的终结。[2]毛泽东对农民政治角色的肯定是对马克思主义

---

1. Mao Tsetung, *A Critique of Soviet Economics*, trans. Moss Roberts, New York: Monthly Review, 1977, pp.55—136.

2. Michael Hardt and Antonio Negri, *Multitude: War and Democracy in the Age of Empire*, New York: The Penguin Press, 2004, pp.122—125.

的修正，这极大地影响了欧洲激进左翼理论家。在奈格里和哈特那里，改造农民的主张被斯宾诺莎的构成性本体论所重构，呈现为从"是/成为诸众"（being multitude）到"制造诸众"（making multitude）的过程。[1] 这就是差异性的主体构成共同性的诸众以及诸众集体性自我再造的机制。

除了改造农民，农民革命也在革命形式方面开创了新的维度。奈格里和哈特认为，在战争模式上，中国的"游击战""农村包围城市"等革命实践和战争理论构成了抵抗和内战的模式：从分散的游击反抗和叛乱到统一的人民军队模式运动，从集权化的军事结构到多中心的游击部队，再从多中心的游击模式到分布式的网络型结构。而在战争范围上，农民的战争和斗争应成为生命政治的斗争，成为旨在全面改造社会生活的斗争。[2] 也就是说，农民革命构成"抵抗的谱系"——从人民军队到游击战再到网络战——的重要环节，构成从经济、政治范畴拓展到经济、政治、军事、文化诸领域的生命政治范畴的过渡性革命形式，为构建诸众的生命政治以及网络型组织模式提供了借鉴。

那么，奈格里和哈特是如何看待中国马克思主义理论

---

1. ［美］迈克尔·哈特、［意］安东尼奥·奈格里：《大同世界》，王行坤译，北京：中国人民大学出版社 2016 年版，第 122—125 页。

2. Michael Hardt and Antonio Negri, *Multitude: War and Democracy in the Age of Empire*, New York: The Penguin Press, 2004, pp.63—87.

的呢？在与中国学者对谈时，他们表示，中国的社会主义传统和共产主义理念中存在着对民主诉求的政治规划，是建基于平等的民主的企图，但是这些民主的因素已不再适用，需要被重新赋予活力、重新概念化。[1]应该说，他们从改造农民推衍制造诸众的机制，从农民革命推衍网络革命的形式，显现出较强的创造性和革命性，也暴露出有待商榷之处：1.奈格里和哈特所探讨的是"帝国时代"即全球资本主义，张旭东探讨的是"后革命时代"即改革开放之后的年代，而毛泽东理论探讨的是革命和改革时代，这种对时代错位的轻视必然引发问题意识的混乱；2.如果说，他们是以生命政治美学对农民进行再解读，那么，他们对改造农民和农民革命的重构则是以斯宾诺莎和德勒兹的理论置换中国革命的历史语境以及理论视域；3.他们对毛泽东理论的阐释使其经历"理论旅行"而演变为欧洲左翼的"毛泽东美学"[2]，成为激进左翼想象政治哲学的他者。

第二节　从"共同性穷人"到共同性的主体

既然农民已是明日黄花，那么朗西埃、巴迪欧、齐泽克等

---

1. ［意］安东尼奥·内格里、［美］迈克·哈特、杨国荣、张旭东等：《帝国与大众》，《书城》2004年第7期。
2. 曾军：《西方左翼思潮中的毛泽东美学》，《文学评论》2018年第1期。

理论家推崇的穷人是否已成为全球资本主义时代的政治主体？对奈格里和哈特来说，穷人具有强大的生产力和共同性的潜能，但并非合适的政治主体。

一、穷人：共同之名

现在，我们在谈及穷人时容易联想到近年来获得世界大奖的电影《无人知晓》《小偷家族》和《寄生虫》等，以及将穷人称为寄生虫，将穷人与富人、资本家的关系构建为"寄生／被寄生"结构的表述。

在马克思主义的主流中，穷人也被称为"流氓无产阶级""产业后备军"。在现代之初，穷人等无产阶级逐渐被污名化、妖魔化。在政治和道德层面，穷人被称为"流氓无产阶级"。这不仅因为小偷、妓女、瘾君子等被看作非生产性的社会寄生虫，更因为他们是无法预测并具有反动倾向的无组织群体。在马克思和恩格斯的《共产党宣言》中，流氓无产阶级被界定为"旧社会最下层中消极腐化的部分，他们在一些地方也被无产阶级革命卷到运动里来，但是，由于他们的整个生活状况，他们更甘心于被人收买，去干反动的勾当"[1]。可见，流氓无产阶级是负面、消极的概念，而以流氓无产阶级作为穷人的别名或标签使穷人被妖魔化、污名化。

1.《共产党宣言》，北京：人民出版社 2014 年版，第 38 页。

在经济层面，穷人还被称为"产业后备军"，即暂时失业但随时可以投入生产的潜在的产业工人储备库，而该概念所蕴涵的被淘汰、劳动力过剩等意味对在职工人来说就构成一种威胁。[1] 因此，穷人既然被资本主义生产排斥在外，也必定被排除于政治组织的中心之外，就成为一种主流的论调。

然而，对欧洲激进左翼理论家而言，穷人蕴涵着强大的生产力和积极的反抗力。奈格里和哈特以电影《摩登时代》对"摩登时代／现代"的阐释以及将穷人之名与共同生活相联系的演绎为例，指出唯一能够贯穿所有地域和时代并称得上纯粹差异的共同之名是穷人，并且穷人具有生产力与共同性潜能，其劳动是解放了的劳动。解放了的劳动意味着什么？在《艺术与诸众》(*Art et Multitude*) 中，奈格里将艺术生产视为人类呈现存在之超脱的能力，视为解放了的劳动。"它意味着一种摆脱剥削之义务、摆脱雇主之异化、摆脱奴役的劳动。它意味着一种由欲望所诞生的劳动"[2]。也就是说，美是集体劳动所建构的存在的超脱，产生于劳动的创造性潜能，而这种规定美之事件的生产是从权力中解放了的劳动。在具有反抗控制、剥削与异化的潜

---

1. Michael Hardt and Antonio Negri, *Multitude: War and Democracy in the Age of Empire*, New York: The Penguin Press, 2004, pp.129—133.
2. ［意］安东尼奥·奈格里：《艺术与诸众：论艺术的九封信》，尉光吉译，重庆：重庆大学出版社 2016 年版，第 48 页。

能这个意义上，穷人的劳动就是解放了的劳动。

此外，朗西埃的"无分之分"、巴迪欧的"先将来时主体"和齐泽克的"贫民窟"等，在某种程度上为流氓无产阶级或边缘人群正名，甚至探讨了他们作为革命主体的可能。但朗西埃等理论家误解了无产阶级与流氓无产阶级的区别，而且并未甄别流氓无产阶级的批判性、否定性意义，将穷人的革命性理想化。[1]

出乎意料的是，奈格里和哈特并不赞同将穷人视为革命主体的观点，因为首先穷人不能构成一个阶级，更重要的是，对经济中主要劳动形式的分析不应包含政治斗争中的主要阶级。[2]而作为阶级概念并且是政治概念的诸众，是共同斗争的集体，是在资本原则下工作并能够潜在地拒绝资本原则的主体。[3]

二、独一性与集体性统一的主体

与其说穷人成为全球资本主义时代的政治主体，毋宁说穷人的形象代表一种流动的、差异的主体，而作为共同

---

1. 夏莹、邢冰：《论"流氓无产阶级"及其在当代哲学语境中的嬗变》，《探索与争鸣》2019年第2期。

2. Nicholas Brown and Imre Szeman, "What is The Multitude?: Questions for Michael Hardt and Antonio Negri," *Cultural Studies*, 19.3 (2005): 372—387.

3. Michael Hardt and Antonio Negri, *Multitude: War and Democracy in the Age of Empire*, New York: The Penguin Press, 2004, pp.102—106.

之名的穷人是诸众的基础，是一切人类可能的基础。在阿甘本那里，人类是"牲人"（homo sacer）和"赤裸生命"（bare life）。而在奈格里和哈特看来，穷人的诸众蕴涵着巨大的潜能。

首先，奈格里和哈特以斯宾诺莎的理论探讨穷人的共同性、贫穷与爱，并主张构建新的民主科学与反叛机制。在《大同世界》（*Commonwealth*）中，他们揭示出资本主义社会造成"贫困的主体性"，而穷人的诸众是没有边界的混合体。诸众的贫穷并不意味着苦难、剥夺或匮乏，而是确立社会主体性的生产，并最终通往彻底多元并且开放的政治体。在斯宾诺莎的政治学中，诸众是混合的、复杂的生物体。因为对其他生物体来说是开放的，所以诸众是一个包纳性的生物体，其政治生命也取决于这些相遇的质量。奈格里和哈特强调，正是彻底的包纳性使斯宾诺莎的诸众成为穷人的诸众的一个要素，而他将诸众定义为民主可能的唯一主体也提供了重要的启发。也就是说，穷人的诸众借以对抗贫穷并创造共同财富的共同性力量，是支撑民主的首要力量。[1]

其次，除了强调诸众的包纳性，斯宾诺莎所强调的力量的身体性要素，也为奈格里和哈特探讨诸众的生命政治提供了伦理的合法性。斯宾诺莎意识到身体是贫穷与需要得

1.［美］迈克尔·哈特、［意］安东尼奥·奈格里：《大同世界》，王行坤译，北京：中国人民大学出版社 2016 年版，第 24—27 页。

到表达的位置,并且,身体所蕴涵的力量是不可估量的——穷人通过团结与爱的构建走出孤独与虚弱。[1]对"斯宾诺莎主义者"奈格里而言,贫穷与爱为诸众的生命政治劳动赋予伦理的合法性,或者说,情感的力量。他认为,爱是一种将独一性的身体汇成集体的诗艺,而诸众的身体诗学正是在爱的诗性力量的引导下,以普遍性服从独一性的身体之潜能。这种身体之潜能就是米歇尔·福柯(Michel Foucault)和吉尔·德勒兹(Gilles Deleuze)所说的生命政治。[2]诸众的独一性在集群之多样性当中的贫穷的沉浸中找到目的性和爱的凝聚力,而通过爱建构起来的是身体的团结和精神的决断。这是建构价值和意义循环的自我价值化的集体进程,而这些自主的价值和意义可以摆脱资本市场。

可以说,奈格里和哈特以斯宾诺莎的诸众、福柯的生命政治以及德勒兹的"欲望机器"(Machines désirantes)等理论重新阐释了穷人的潜能,探讨了一种奇异性的身体集体构成共同性力量的机制。

更重要的是,基于当下全球社会的新境况以及诸众的生产能力,奈格里和哈特主张构建一种新的民主理论,也

1.[美]迈克尔·哈特、[意]安东尼奥·奈格里:《大同世界》,王行坤译,北京:中国人民大学出版社 2016 年版,第 32—35 页。

2.[意]安东尼奥·奈格里:《艺术与诸众:论艺术的九封信》,尉光吉译,重庆:重庆大学出版社 2016 年版,第 78—85 页。

就是，能够揭示差异性的主体如何构成共同性的诸众并且避免"合而为一"的机制，对共同性进行剩余性生产并确保既是多元的又是奇异性的主体性的确立的机制。

第三节 从"工人主义"到"后—工人主义"的诸众

除了探讨农民和穷人，奈格里和哈特不仅揭示出将工人阶级视为革命主体的观点以及工人主义的策略，并不适应于生命政治的生产范式与控制机制，而且在"后—工人主义"策略中探讨诸众以及生命政治的机制。

一、作为"后—工人主义"的诸众生命政治

20 世纪五六十年代，在拉涅罗·潘齐耶里（Raniero Panzieri）的影响下，奈格里、特隆蒂和阿尔夸蒂等人创办了《红色手册》杂志，开启了意大利工人主义（operaismo）思潮。但是，在奈格里看来，工人主义是被限定于工厂范围内来探讨自治运动和占领工厂运动的策略，因而不适应于大都会和新的社会生产范式，更无法对抗新的控制与剥削机制。他倾向于将工人的政治力量从工厂转移到社会并推动社会变革的网络，走向了所谓的"后—工人主义"。[1]哈特也在

---

1. 蓝江：《一般智力的生命政治生产——奈格里的生命政治思想谱系学蠡探》，《福建师范大学学报（哲学社会科学版）》2020 年第 5 期。

编辑《意大利激进思想》(*Radical Thought in Italy*)时,探讨了奈格里、阿甘本、保罗·维尔诺和莫里兹奥·拉扎拉托等意大利激进理论家的新观点,并融入了讨论热潮中。[1]

通过反思意大利的工人主义策略和激进思想,奈格里和哈特在"帝国系列"中建构的策略发展成作为"绝对内部的他者"的诸众的"潜能政治"(potential politics),也就是,将经济策略与政治谋划相结合,将工厂范围内的斗争拓展至文化、经济、政治、军事等整个社会领域和所有范畴的生命政治。

在梳理上述关于历史性主体的阐释之后,我们需要思考,什么是诸众?简单来说,诸众是在社会生产劳动范式和权力形式等发生转型时出现的新的差异性与共同性统一的社会主体。

那么,为何将生命政治劳动置于构建政治主体这一问题的中心?奈格里和哈特曾解释道,他们的政治思考得益于对劳动和生产的分析,但经济中劳动的等级并不必定转化为革命中的劳动主体的等级。这是因为反抗的形式是政治组织和政治策略的问题,而且劳动与生产的转型表现出摧毁生产之间壁垒的倾向。[2]在《狄俄尼索斯的劳

1. Paolo Virno and Michael Hardt edt., *Radical Thought in Italy: A Potential Politics*. Minneapolis: University of Minnesota Press, 1996.

2. Michael Hardt and Antonio Negri, "Adventures of the Multitude: Response of the Authors," *Rethinking Marxism*, 13.3—4 (2001): 236—243.

动》(*Labor of Dionysus*)中，他们以现代性历史中的断裂以及后现代性范式为核心，揭示了社会和主体性规定的转型：在20世纪60年代至90年代，西方的福特制社会转变为电脑化、自动化的后福特制社会，被规划的劳动转变为自主和协作性的劳动、非物质和智能型的劳动。这些转变生成新的主体性和社会关系，并导致历史轨迹的转变——劳动变为非物质的、认知的、情感的、智能的等生命政治的劳动，变为对生命形式进行再生产的劳动，并且资本主义的政治扩张延及生产的所有领域和所有空间，取消了资本主义的内外之分。劳动以及劳动协作扩展至整个社会，成为共同性的实体(the common substance)。这不仅构成经济学和政治学的根本问题，也构成了哲学的根本问题——世界就是劳动。[1]可以说，这种共同性的实体就是从"劳动—共同体"拓展至所有领域和空间的共同体。

二、构建诸众生命政治的逻辑

从抽象的层面来看，奈格里和哈特构建理论的逻辑是唯物主义的，具体来说，是"生产的王国"研究范式与激

---

1. ［美］迈克尔·哈特、［意］安东尼奥·奈格里：《狄俄尼索斯的劳动：对国家—形式的批判》，王行坤译，西安：西北大学出版社2022年版，第21—34页。

进民主思想的结合。

首先，奈格里和哈特是从唯物主义出发，揭示社会生产范式与主体及其政治策略之间的关系的。这是从新的劳动问题导入并且涉及马克思主义劳动观念对当前状况解释的有效性问题，即马克思主义的理论框架能否解释与改造新的生产与劳动状况。为了思考这一问题，奈格里和哈特将生命政治劳动界定成一种为新的价值、劳动概念与剥削方式所提供的理论工具，并且揭示资本主义生产不仅生产剩余价值或劳动产品，而且生产社会形式、价值体系以及社会经验的结构。[1] 这样做是为了强调从思想领域转入"生产的王国"的研究范式的重要性——从生产方式去考察后现代社会，是由于"生产的王国"是社会不平等的清晰表现之所在，也是对帝国最有效的抵抗和替代将出现的领域。

其次，奈格里和哈特始终以马克思和德勒兹的理论为范本，以肯定性的生命政治对抗否定性的生命权力。在他们看来，从马基雅维利、斯宾诺莎到马克思，从尼采到海德格尔、福柯和德勒兹，这种民主的思想脉络是对批判和构成性思想的另类领地的肯定：正是在这块领地上，主体性形成了。这些主体性有能力施行彻底的民主，并且通过

---

1. ［意］安东尼奥·内格里、［美］迈克·哈特、杨国荣、张旭东等：《帝国与大众》，《书城》2004 年第 7 期。

劳动而具备实现共产主义的能力。[1]

而构建诸众以及生命政治的理路正是"生产的王国"研究范式与激进民主思想谱系的结合——诸众革命是发生于生命政治领域并以生命政治劳动为基础的抵抗，而且由于斗争生成新的主体性和生命形式，也总是涉及诸众的主体性生成以及集体性的自我组织。因为，在生命政治劳动的语境下，劳动者自主地组织与协调。[2]换言之，生命政治劳动为诸众的自我组织和自我治理提供了条件，而生命政治劳动通过集体劳动力的解放反抗了资本的权力。

可见，他们将诸众在生命政治领域的生产和革命视为抵抗"帝国"并通往"大同世界"的共产主义之路。

从这个角度来看，奈格里和哈特对农民、穷人、工人阶级的阐释不仅是为了探讨"反抗的人类学"和"抵抗的谱系"，从农民乌托邦探讨改造主体的机制、从共同性穷人构建独一性与共同性统一的主体生成机制、从工人主义推衍从工厂到生活的生命政治策略，更重要的，是为了抓住历史进程来打破"主体消失"的幻象，以主体性的劳动作为改造世界的动力，昭示历史并未终结。然而，与其说他

---

1. ［美］迈克尔·哈特、［意］安东尼奥·奈格里：《狄俄尼索斯的劳动：对国家—形式的批判》，王行坤译，西安：西北大学出版社 2022 年版，第 29—30 页。

2. 王行坤：《帝国时代的"大同书"——〈大同世界〉中译版代序》，《文艺理论与批评》2015 年第 2 期。

们消解了"主体消失"和"历史终结"的幻象，毋宁说他
们以福柯和德勒兹等后结构主义思想构建出新的想象。谁
是今日革命之主体这一问题仍有待进一步商榷。

第九章　中国网络文学影视改编的发展现状及其问题

中国的网络文学自诞生以来，已从海外留学生在国外网站、论坛上的个人或小团体性质的活动，发展成为独立的网络平台和网络文学集团，近几年网络文学的发展又迈入全新的"泛娱乐化"时代，呈现出以"IP运营"为核心的商业化、产业化特点，网络文学作品被改编为影视、动漫、游戏等形式，其中网络文学的影视化改编规模宏大、影响深远，既是媒介融合和产业融合的产物，也是贯穿网络文学IP化和泛娱乐化发展阶段运营模式的重要环节，随着网络和网络文学市场的发展出现了一系列优秀的改编作品和改编热潮。

根据2016年CNNIC第39次中国互联网络发展状况统计报告公布的信息，截至2016年12月网络文学用户规模达到3.33亿，较2015年年底增加3645万，占网民总体的45.6%。网络视频用户规模达5.45亿，较2015年年底增加 4064 万人，增长率为 8.1%，网络视频用户使用率为 74.5% 较 2015 年年底提升了 1.3 个百分点。[1] 随着网络文学和网络视频的发展，网络文学的影视改编作为其中的重要环节，逐渐成为当代最重要的社会文化现象之一。网络小说改编影视剧的潮流从 2010 年开端，在 2011、2012 年升温，到 2013、2014 年势头旺盛，2014 年下半年至今抢购网络小说的热潮达到白热化，整个影视行业几乎言必称 IP，而国产原创网络小说则成为 IP 的重要来源，网络改编的影视剧掀起了一次次收视狂潮。以 2016 年为例，中国的 IP 网络剧共有 136 部，IP 电视剧共有 96 部，IP 电影共有 42 部，其中网络文学 IP 改编占据了非常大的比重。[2] 网络文学的影视改编如火如荼，当之无愧地成为中国文学影视改编的"第二次浪潮"。[3]

影视对网络小说的改编是文学传播的又一种形式，影视改编为小说的意蕴阐释增加了新维度，研究影视与小说

---

1. 相关数据资料来自 CNNIC 发布的《2016 年第 39 次中国互联网络发展状况统计报告——网络娱乐篇》，详见 http://www.199it.com/archives/560194.html。

2. 相关数据来自骨朵传媒公布的数据，详见 http://www.entgroup.cn/news/Markets/1930121.shtml。

3. 2016 年 10 月 25 日在北京召开"文学改编影视的第二次浪潮"论坛上，盛大文学 CEO 侯小强、著名导演李少红、著名编剧王宛平、导演阿年的、知名网络作家文雨以及万达影业总经理杜杨、小马奔腾影视副总裁宗帅、欢乐传媒董事长董朝晖等影视行业资深人士和编剧，共同回忆 20 世纪 90 年代文学改编影视的热潮，并将当下网络文学改编影视的热潮命名为改编的"第二次浪潮"。

的互动关系不仅是研究文学的重要方面，也是关系到文学传媒、文化转型、审美艺术等方面的重要问题。[1]网络小说改编影视剧可以分为电视剧、电影、网络电视剧（简称"网络剧"或"网剧"）和网络电影四种（又分为网络大电影和网络微电影）类型[2]，下面根据这些类型梳理网络文学改编的发展状况并概括其发展阶段的特点。

第一节　网络文学改编为电视剧

网络小说改编电视剧的发展大致可以分为四个阶段：1998年《第一次亲密接触》在论坛上连载获得超高人气，2004年这部小说被改编为同名电视剧，这是中国第一部由网络小说改编成的电视剧，网络小说改编电视剧开始走入众人视野；2006至2009年陆续推出20余部网络小说改编电视剧，在数量和质量上都有所提升；2010至2013年网络小说电视剧改编进入一个爆发式的辉煌期，电视剧制作者对改编网络小说的定位和选择更加准确，改编水平日趋成熟，在选材上更加大胆，并获得了观众认可；2014年以

---

1. 周志雄：《论网络小说的影视改编》，《海南师范大学学报》2010年第1期。

2. 之前网络大电影和网络微电影的市场行情和营销策略并不成熟，并未得到传媒界和学术界的重视，因此大多数人认为网络改编影视剧主要分为电视剧、电影和网络剧三种。近年来网络电影迅猛发展并逐渐得到重视，因此本文也将网络电影作为网络文学改编形式的一类。

来网络小说改编电视剧再次呈现出爆发式的状态，同时围绕网络小说开始了其他游戏等 IP 的开发，网络小说改编电视剧发展到新的阶段（详见表 9-1）。

表 9-1　2000—2016 年网络文学改编电视剧作品

年份	改编电视剧	作　者	网络小说	导　演
2004	第一次亲密接触	痞子蔡	第一次亲密接触	崔　钟
2004	魂断楼兰	蔡　骏	诅咒	王　强
2004	蝴蝶飞飞	胭　脂	蝴蝶飞飞	何　洛
2005	爱上单眼皮男生	胭　脂	爱上单眼皮男生	王丽文
2005	爱你那天正下雨	胭　脂	爱你那天正下雨	何　洛
2005	一言为定	西　门	你说哪儿都敏感	潘　峰
2006	夜雨	胭　脂	给我一支烟	赵宝刚
2006	谈谈心恋恋爱	棉花糖	谈谈心恋恋爱	朱传光
2006	会有天使替我爱你	明晓溪	会有天使替我爱你	叶鸿伟
2006	向天真的女孩投降	冷眼看客	向天真的女孩投降	傅东育
2007	双面胶	六　六	双面胶	滕华涛
2007	成都，今夜请将我遗忘	慕容雪村	成都，今夜请将我遗忘	刘惠宁
2007	爱情两好三坏	九把刀	爱情两好三坏	麦大杰
2009	王贵与安娜	六　六	王贵与安娜	滕华涛
2009	蜗居	六　六	蜗居	滕华涛
2010	美人心计	瞬间倾城	未央·沉浮	吴锦源
2010	杜拉拉升职记	李　可	杜拉拉升职记	陈铭章

（续表）

年份	改编电视剧	作　者	网络小说	导　演
2010	佳期如梦	匪我思存	佳期如梦	沈　怡
2010	泡沫之夏	明晓溪	泡沫之夏	赖俊羽
2010	和空姐同居的日子	三　十	和空姐同居的日子	何　念
2010	来不及说我爱你	匪我思存	来不及说我爱你	曾丽珍
2010	婆婆来了	阚　珊	婆婆来了——玫瑰与康乃馨的战争	梁　珊
2010	一一向前冲	王　芸	S女出没，注意	王加宾
2010	赵赶驴电梯奇遇记	赵赶驴	和美女同事的电梯一夜	徐　涛
2010	我是特种兵	刘　猛	最后一颗子弹留给我	刘　猛
2011	裸婚时代	月影兰析	裸婚——80后的新结婚时代	滕华涛
2011	步步惊心	桐　华	步步惊心	李国立
2011	宫锁心玉	金　子	梦回大清	李慧珠
2011	倾世皇妃	慕容湮儿	倾世皇妃	梁辛全
2011	千山暮雪	匪我思存	千山暮雪	杨　玄
2011	甄嬛传	流潋紫	后宫甄嬛传	郑晓龙
2011	钱多多嫁人记	人海中	钱多多嫁人记	王小康
2012	浮沉	崔曼莉	浮沉	滕华涛
2012	瞧这两家子	仇若涵	婆媳拼图	吕小品
2012	风和日丽	艾　伟	风和日丽	杨文军
2012	心术	六　六	心术	杨　阳
2013	小儿难养	宗昊	小人难养	曹　盾

（续表）

年份	改编电视剧	作者	网络小说	导演
2013	盛夏晚晴天	柳晨枫	盛夏晚晴天	麦贯之
2013	最美的时光	桐华	被时光掩埋的秘密	曾丽珍
2013	千金归来	十三春	重生豪门千金	罗灿然
2013	花开半夏	九夜茴	花开半夏	李少红
2013	失恋33天	鲍鲸鲸	失恋33天	刘凯
2013	爸爸，我怀了你的孩子	奈何作贼	爸爸，我怀了你的孩子	郭彤
2014	杉杉来了	顾漫	杉杉来吃	刘俊杰
2014	风中奇缘	桐华	大漠谣	李国立
2014	匆匆那年	九夜茴	匆匆那年	姚婷婷
2014	绝爱	自由行走	第三种爱情	俞钟
2014	恋恋不忘	蓝白色	无爱承欢	曾丽珍
2015	盗墓笔记	南派三叔	盗墓笔记	郑宝瑞
2015	锦绣缘	念一	风雪夜归人	林合隆
2015	何以笙箫默	顾漫	何以笙箫默	刘俊杰
2015	抓住彩虹的男人	匪我思存	裂锦	吴锦源
2015	旋风少女	明晓溪	旋风百草	成志超
2015	花千骨	Fresh果果	花千骨	林玉芬
2015	华胥引	唐七公子	华胥引	李达超
2015	琅琊榜	海宴	琅琊榜	孔笙
2015	云中歌	桐华	云中歌	胡意涓
2015	芈月传	蒋胜男	芈月传	郑晓龙

2014 年以来网络文学改编电视剧发展更加迅猛，古装、青春偶像和都市类型的改编剧较受欢迎（详见表 9-2）。可见网络改编剧不断引领人们的娱乐话题和文化消费，而且在制作领域出现了长期合作的专业团队，从选择网络小说、改编剧本，到确定主演明星、影视公司和制片人的投资，再到确定电视台和网络播放平台，在网络和电视媒体上制造话题营销等，都已发展成较为完备的良性产业链。

表 9-2 2016 年网络文学 IP 改编电视剧排名 TOP10[1]

排名	电视剧名称	电视剧类型	原著作者	原著小说
1	诛仙青云志	古装	萧 鼎	《诛仙》
2	锦绣未央	古装	秦 简	《锦绣未央》
3	欢乐颂	都市	阿 耐	《欢乐颂》
4	微微一笑很倾城	青春偶像	顾 漫	《微微一笑很倾城》
5	老九门	惊悚	南派三叔	《老九门》
6	亲爱的翻译官	都市	缪 娟	《翻译官》
7	寂寞空庭春欲晚	古装	匪我思存	《寂寞空庭春欲晚》
8	余罪	警匪	常书欣	《余罪》
9	最好的我们	青春偶像	八月长安	《最好的我们》
10	如果蜗牛有爱情	警匪	丁 墨	《如果蜗牛有爱情》

第二节 网络文学改编为电影

网络文学改编电影的起步也很早，从 2001 年改编自

---

1. 相关信息来自骨朵数据。

网络小说《北京故事》的电影《蓝宇》开始，网络小说改编的 IP 电影越来越多（详见表 9-3）。网络文学改编电影明星阵容越来越强大，依托网络小说原著自带的读者粉丝和演员自带的粉丝，大多能够引发一定的话题热度，取得不错的票房收益。

表 9-3　中国 2000—2016 年网络文学改编的热门电影[1]

年份	改编电影	网络小说	网络作家
2001	蓝宇	北京故事	灵慧
2006	谈谈心恋恋爱	谈谈心恋恋爱	棉花糖
2009	恋爱前规则	和空姐同居的日子	三十
2010	山楂树之恋	山楂树之恋	艾米
2010	杜拉拉升职记	杜拉拉升职记	李可
2011	失恋 33 天	失恋 33 天	鲍鲸鲸
2012	搜索	请你原谅我	文雨
2012	致我们终将逝去的青春	致我们终将逝去的青春	辛夷坞
2013	等风来	游记，或是指南	鲍鲸鲸
2014	匆匆那年	匆匆那年	九夜茴
2015	左耳	左耳	饶雪漫
2015	何以笙箫默	何以笙箫默	顾漫
2015	新步步惊心	步步惊心	桐华
2016	微微一笑很倾城	微微一笑很倾城	顾漫
2016	盗墓笔记	盗墓笔记	南派三叔

---

1. 信息来自网络，表格中整理的电影仅是网络文学改编电影作品的一部分。

中国电影行业取得辉煌成绩，2010 年到 2016 年的票房收入由 101.7 亿增长到 440.7 亿元，[1] 六年来票房收入增长了三倍，网络文学 IP 改编的比重也逐年增加，成为不可忽视的环节，甚至出现了网络文学"超级 IP"和"IP 衍生"电影。电影市场也由传统产业链发展为闭合生态产业链，由"制片—宣发—院线—影院—用户"的生产模式，变为以"用户"为中心的 IP 开发、电竞／游戏、衍生品、影院／院线、大数据、票务电商和整合营销等环节循环互动的生态圈，IP 开发作为最基础也最重要的环节，发挥着越来越关键的作用。

第三节　网络文学改编为网络剧

作为媒介融合产物的网络影视，已打破了传统的影视营销策略，探索出一种新型的网络营销模式，实现了跨媒介的立体营销。而根据网络影视视频与网络文学改编的紧密程度，可将网络 IP 改编的类型分为网络电视剧、网络大电影和微电影。

网络电视剧简称"网络剧"。所谓"网络剧"是以互联网作为主要播出媒介的网络连续剧，这类剧集或是仅在互

---

1. 详见 http://www.chyxx.com/industry/201603/395715.html。

联网在线平台播出而并不进入传统电视渠道，或是没有第一时间进入传统电视台，而是先在网络播出再反向输送到电视台的剧集，也就是以视频平台作为出品方、在视频播放网站和电视台同步播出的剧集。中国第一部网络剧诞生于2007年，但直至2014年，移动互联技术和用户观看习惯发展成熟，网络剧行业才出现爆炸式增长，全年共播出网络剧超过200部，播放量高达120万，仅仅是点击量排行前十的网络剧，其点击量也有几十亿（详见表9-4），因此业内将2014年称为"中国网络剧元年"。[1]

表9-4　2014年十大网络剧排行榜[2]

排名	剧　名	平　台	集数	点击量（万）	评　论
1	屌丝男士第3季	搜狐	8	98000	12932
2	匆匆那年	搜狐	16	90121	161831
3	谢文东第3季	迅雷看看	116	71100	8575
4	万万没想到第2季	优土	15	71064	291037
5	灵魂摆渡	爱奇艺	20	55500	26363
6	暗黑者第1季	腾讯	46	47982	27665
7	微时代	腾讯	40	37963	32393
8	怪咖啡	腾讯	60	36351	5903
9	废柴兄弟	爱奇艺	20	33500	17580
10	STB超级教师	乐视	40	33439	24839

1. 相关数据来自骨朵传媒。
2. 相关数据来自骨朵传媒。

网络文学改编剧发展迅猛，2015年上线网络剧Top50中IP改编数量为12部，占24%。2016年播放总流量超过500亿，增长势头强劲，其中上线网络剧Top20中由IP改编而成的有10部，流量在20亿以上的5部网络剧《老九门》《太子妃升职记》《最好的我们》《余罪》和《重生之名流巨星》，全部由IP改编而成（详见表9-5）。[1]并且，这10网络剧中有9部采用了会员付费观看方式，预计未来5年，网络剧仍将是会员付费的重要内容，网络剧全付费时代已不再遥远。网络剧展现强大的号召力和影响力，甚至出现了反哺电视荧幕的现象，《他来了，请闭眼》和《老九门》是最好的案例。2016年网络剧反输电视台再度告捷，一线卫视周播剧场成为第二战场，其中"强IP+大明星"双向提升网络自制剧制作成本，小说IP改编成网络剧特别是头部网络剧占主流。可见，网络剧已走过"群雄混战"时期，其市场运营模式和营销模式已发展完备，逐渐形成一定的品牌价值，系列化的网络剧层出不穷，品牌效应凸显，而且随着投资、演员、制作、平台资源流入，网络剧正在精品化，网络文学IP也发挥出粉丝效应带动粉丝经济飞速增长。[2]

---

1. 相关数据来自艺恩网，详见 http://mt.sohu.com/20161018/n470594721.shtml。
2. 参见《大自制时代，网络自制剧的蝶变效应——暨2015—2016年中国网络自制剧市场白皮书（2016年10月）》，详见 http://www.entgroup.cn/Views/37198.shtml。

表9-5　2016年上线网络剧TOP20改编情况[1]

排名	网络剧	是否IP
1	老九门	是
2	太子妃升职记	是
3	最好的我们	是
4	余罪	是
5	重生之名流巨星	是
6	半妖倾城	是
7	九州天空城	原创，故事架构来源于《九州》
8	盗墓笔记	是
9	十宗罪	是
10	终极游侠	原创
11	老师晚上好	原创
12	超少年密码	原创
13	我的朋友陈白露小姐	是
14	睡在我上铺的兄弟	故事原创，依托音乐IP
15	都市妖奇谈	原创，故事来源于《山海经》
16	超能姐姐大作战	原创
17	废柴兄弟3	原创
18	校花的贴身高手	是
19	废柴兄弟4	原创
20	灭罪师	原创

第四节　网络文学改编为网络电影

网络电影主要包括网络大电影（简称"网大"）和网络

---

[1] 相关数据来自艺恩网，详见 http://mt.sohu.com/20161018/n470594721.shtml。

微电影两种。网络电影充分体现了网络的特点，特别适合在网络媒介上传播，真正实现了以网络传播为主要渠道。现在创作网络电影以及在网上消费网络电影，已成为一种新的文化时尚。[1]

　　网络大电影因其"小成本、差异化、周期短、面向中等规模受众"的特点，而更符合互联网用户的个性化需求。近两三年网络大电影呈现爆发式的增长，根据骨朵数据显示，2015 年网络大电影达到 622 部，播放量达到48.7 亿；2016 年出现爆发性增长，网络大电影出品数量超过 2500 部，播放量近 200 亿。仅从 2017 年 1 月网络大电影的首日播放量来看，数量就非常可观（详见表 9-6）。而且网络大电影也逐步进入精品化发展进程，制片成本普遍提高，而网络大电影主要以用户点击付费为主要收入来源，随着平台会员人数的增多以及网络大电影质量上的提高，用户付费的体量将会进一步增长。[2]但截至目前，IP 改编网络大电影仅十几部，占总数的 1%，由此可见网络文学IP 改编在网络大电影中的比重还很低，而且网络大电影的播放量波动很大，市场行情并不稳定。

---

1. 李启军：《网络：影视产业发展新空间》，载欧阳友权主编：《网络与文学变局》，中国文史出版社 2014 年版，第 110—111 页。
2. 艺恩网：《2016 中国专业网生内容（PGC）用户白皮书》，详见 http://www.entgroup.cn/report/f/1518157.shtml。

表9-6 2017年1月网络大电影首日播放量TOP10[1]

排名	影片名称	在线播放平台	上线时间	首日播放量（万）
1	茅山邪道之引魂煞	腾讯视频	2017.1.6	1207.1
2	探灵笔录	乐视视频	2017.1.6	740.9
3	摸金校尉（上）	腾讯视频	2017.1.17	710.5
4	十全九美之真爱无双	爱奇艺	2017.1.28	653.2
5	我的杀手女友	腾讯视频	2017.1.17	638.0
6	大宋绯闻录	腾讯视频	2017.1.6	575.8
7	绝密恋人	多平台	2017.1.11	525.7
8	大梦西游2铁扇公主	爱奇艺	2017.1.30	504.3
9	乌林大会	多平台	2017.1.4	494.2
10	天龙号醒来	腾讯视频	2017.1.19	422.8

除了网络大电影，还有一种不在电影院上映而以网络在线平台为传播渠道的微电影，其标志性特征在于"微细节、微投资、微时长"，[2]以不同于传统电影的微特性和颠覆性的创作模式迅速吸引人们的视线，并掀起了全民拍摄微电影的浪潮。"微电影"概念起源于2010年的微短片《一触即发》，但改编自网络文学的微电影只有少数几例，如改编自网络作家打眼的小说《神藏》的同名微电影。网络文学改编的网络电影还有待于发展，根据艺恩研究报告的深度访谈可知，多数片方认为现阶段的网络电影不具备衍生

---

1. 相关数据来自骨朵传媒公布的信息，详见 http://www.guduomedia.com/?p=20203。

2. 吕蕾：《网络微电影的特征浅析》，载欧阳友权主编：《网络与文学变局》，中国文史出版社2014年版，第274—279页。

品开发的条件，而网综、网剧是可行的，因为衍生品需要靠优质内容的品牌产生溢价，而当前网络电影尚无品牌可言。[1] 我认为随着网络电影的发展，它也会成为网络文学生态圈中与各个产业链循环互动的重要环节。

以网络剧和网络电影为代表的网络影视，其初级发展阶段是基于用户增长所带来的流量经济，以广告收入为主，该阶段竞争激烈，产业内部与产业之间的合作协调性差，造成资源浪费和重复开发。以用户为核心的消费将是互联网影视发展的高级阶段，网络影视从用户出发，精准服务用户，将用户分为普通用户、目标用户和粉丝用户三层，以此为不同用户提供差异化的内容和服务，由此可见互联网与影视的融合本质是精准服务用户。这将是基于用户全面开放的互联网影视产业，该阶段会员价值、付费消费将形成，产业进一步融合，形成一整套完善的会员经济模式。[2] 网络影视也会在影视产业、网络产业和金融产业融合带来的契机下，长足发展下去。

而网络文学改编影视剧的形式和效果如何呢？从以上网络文学改编影视剧的发展历史来看，早期改编影视剧的

---

1. 艺恩网：《中国网络大电影行业研究报告（2016）》，详见 http://www.entgroup.cn/report/f/2418156.shtml。

2. 艺恩网：《中国互联网影视产业报告（2016 年 1 月）》，详见 http://www.entgroup.cn/report/f/2818144.shtml。

影响力和知名度并不小，但绝大多数观众对网络文学改编影视剧没有清晰的概念，并不能区分网络文学改编影视剧和普通文学作品改编剧、剧本直接改编的影视剧之间的区别。直到 2010 年或 2014 年左右，随着网络文学的读者增加甚至成为粉丝，网络文学 IP 改编的产业运营模式逐渐成熟，市场宣传力度加大，网络文学 IP 改编的影视剧，成为当代中国文化的重要现象，网络 IP 改编热潮更是几乎席卷了整个中国的影视剧观众和网民群体。网络文学改编影视剧的方式越来越花样百出、层出不穷，其影响力也由大数据所评估和支撑，动辄几百万、几亿的网络流量或者几亿、十几亿的票房，甚至持续的话题热搜或娱乐新闻报道，等等，都能说明网络文学改编影视剧的影响力。而从以上网络文学影视改编四种形式的发展情况来看，网络文学的影视改编不仅是小说的影像化，而且充分发掘了网络 IP 的衍生产品和附加价值，带动了上下游文化产业的繁荣，使多维产业链发展为全方位循环互动的泛娱乐生态圈。

第五节　网络文学影视改编的问题与症候

在网络文学改编影视剧的产业化过程中存在着一些缺点和不足，而网络文学影视改编的现象也存在着问题与症候。

首先，网络文学改编成影视剧，网络小说本身的文学性欠缺的问题，在改编的过程中既可能因转化而弥补，也可能导致影视剧的内容浅显、格局不高，缺乏文学性和哲理性的问题。因此在改编的过程中，如何实现文字符号向影像、声音的转化，如何在转化过程中增强其中的内涵和艺术审美韵味等，仍是值得深思的问题；其次，网络文学市场的运营模式是以用户为中心，充分发挥粉丝效应带动粉丝经济。"粉丝经济"是通过提升用户黏性，并以口碑营销的形式获取经济利益与社会效益的经济运作模式，具有经济属性与文化属性并重的特点，而想要充分发掘粉丝经济，必须尊重粉丝经济的实际主角——粉丝，而且需要精确洞察其需求。[1]这样能够将网络小说的粉丝读者转化为网络文学影视改编的观众和消费者。但网络文学影视改编过于迎合年青粉丝的审美趣味，可能会出现哗众取宠、低俗浮夸的现象，本身的消费主义意识形态又会反过来影响整体受众的思想观念和社会文化的转向，因此在其传播—媒介—接受过程中会形成恶性循环；第三，网络文学市场的IP开发和衍生，可以带动全产业链变为生态循环圈，促进上下游产业的繁荣发展，但网络文学IP的影视改编是否符合原著，是影响其成败的关键因素，一方面改编不符合原著，可能会招致原著粉丝的抵制和反对；另一方面，改编

---

1. 艺恩网：《我愿为影，护你为王——粉丝经济研究报告》，详见 http://www.entgroup.cn/report/f/2018152.shtml。

归于拘泥于原著小说可能会限制影视剧的创新和发展，而且并非所有的 IP 具有衍生性，核心 IP 才具备衍生的可能性，内容产业核心 IP 衍生需要三要素，一是完整清晰的世界观，二是价值观系统承载用户情感的核心形象，三是标志性可模仿的语言和动作等。因此网络文学市场的"泛娱乐化"趋势，可能在繁荣的同时引发网络文学 IP 的内在危机。

除了这三个问题之外，网络文学影视改编还存在许多其他问题，不仅需要全面了解其发展状况和产业运营模式，还需要结合国内外学术研究现状，来全面反思背后的问题与症候。

附录1 中国经验的文学表达与话语创新
—— "第二届当代中国文论话语体系建设高端论坛" 综述

2016 年 11 月 5 日，由上海市社会科学界联合会、中国文学批评研究会、中国社会科学院—上海市人民政府上海研究院、复旦大学中国当代文学创作与研究中心和上海大学批评理论研究中心共同举办的"中国经验的文学表达与话语创新——第二届当代中国文论话语体系建设高端论坛"在上海大学召开。中国社会科学院副院长张江教授为本次论坛作了题为《理论中心论》的主旨演讲。他从"理论中心论""强制阐释论"观点出发，反思、批判了理论生成方式和理论阐释方式本身存在的逻辑悖论。他认为，理论以自身作为中心和对象，文本因作者意图而成为"私人经验"、私人话语的表达，批评者不可避免地存在"先见"

和"前见",这些都使得作者的意图与批评者的意图之间出现裂隙。因此,张江院长也提出要探讨如何创造贴合文学与贴合实际的理论,并提出批评和批评者自身要自律的问题。

一、在全球化与地方性之间理解"中国经验"

从"中国经验"着眼,与会代表关注历史经验、本土经验、个人经验或对"经验"本身进行思考和质疑。两位女作家强调感性经验对创作的重要性。江苏省作协主席范小青认为,中国当代作家的创作资源主要来自民间,来自自己的生活经历和别人的生活经历,以及对这些经验的艺术处理——也即范小青所谓的"我经验过的""我非经验过的"经验和自己的感受。作家金仁顺认为经验对于作家来说是个人化的,这也决定了我们的文学经验具有个人化、个性化的特点。在文学表达时,很多人都将经验等同于现实和经历,但是在文学领域内除了文学经验,还有人性的经验。

"中国经验"本身也具有复杂的方面。因此,复旦大学中文系陈思和教授首先提出何为"中国经验",他认为我们应该避免直接的概念滥用,重新审视"何为中国经验"。其次提出"中国经验"的作用,即"中国经验"能不能涵盖和解决当今的实际问题。当今中国处于一种"不确定"的状态,"中国经验"更应该是一个实践的问题。并且,当代文学的"经验"并不是"中国经验",而更应该称为"个人经验",因此不能用理论进行简单概括。上海社会科学院文学研究所副所长王光东主要从"地方经验"的重要性上阐释了"中国经验"和如何表达"中国经验"的问题。他认为在全球化的文化背景和当代中国社会城镇化的快速发展背景下,地方性的文化仍然或隐或显地呈现在作家的创作中,从文学意义上说"地方性"尤为重要。清华大学外语系生安锋教授主要从老舍著作中的世界主义因素及其成因方面进行论述,认为"中国经验"是杂糅的经验。在老舍著作中世界主义的叙事与其爱国主义、民族主义的叙事交缠在一起,建构起一个复杂矛盾的文学世界,有意识地回应了世界大同思想。复旦大学中文系王宏图教授也强调了当今"中国经验"的差异性和暧昧性特质。他认为"中国经验"是外延很大的概念,因此首先要考虑中国经验的个体性、特殊性的特征,不能刻意抬升某一部分经验的重要性。"中国经验"本身具有差异性和暧昧性,其次还要有兼容并蓄的特征。

　　除了发现"中国经验"具有复杂性,还有学者甚至直接对"中国经验"进行质疑。北京大学中文系主任陈晓明教授针对中国经验的具体状况,结合当代文学的乡土派作家、知青作家以及先锋派作家的创作实际，认为莫言、贾平凹、阎连科等这一代乡土作家的文学经验不仅没有知青作家的观念化，也避免了先锋派无法将西方现代主义思想和中国本土经验相结合的弊病。同济大学人文学院王鸿生教授指出我们在谈中国经验时，不能把中国经验作为一种固态的理解，因为这个经验一直在生长之中，它的边界甚至到现在还未明确，关于这一点我们应该有自觉意识。南开大学文学院周志强教授，意识到了当代中国"伪经验"的书写问题，并且发现当前中国社会的叙事危机面临吊诡的局面：主流意识形态框架内的叙事危机与资本体制话语框架内的叙事危机处于双重交织的状态。他认为在这一状态之下，文化批评可以通过寓言阐释的方式"还原"伪经验，也可以通过寓言批评的震撼性效果暴露现实矛盾，表达出真正的历史意义。上海师范大学人文与传播学院刘旭光教授从视觉现代性的角度出发，阐释了"中国画"中西方写实观念、现代形式感跟中国传统美感经验的冲突融合，他认为由此形成了当代中国的美感经验。这种源自革命、源自融合的经验，才是现实的中国经验。

上海大学文学院曾军教授认为，当代中国文论话语的"中国经验"可以同时在三个维度上展开。首先是关注"中国经验"的复杂性，其次在基于人类文明共性的"共同经验"中归纳普适性经验，最后要依据"共同而有差异的经验"建立具有中国性的"特色经验"。总之，当代中国文学所形成的创作经验及其所面临的问题，需要建立古今中西的意识，将"中国化"、即将"中国化"或影响当代中国文学发展的问题界定为"中国经验"，并探讨理解、阐释和解释的方案。

二、"文学表达"的方式、认知与伦理

当代中国的"文学表达"也是作家和批评家们关心的问题。作家范小青总结出两种文学表达方式：一是正面进攻，也就是用琐碎的、日常的、正常的细节，建构起一个小说世界的正影；二是反弹琵琶，反写也是一种表达方式。范小青认为，作家要自觉地提高作品的难度和精神的高度，需要力避路径依赖和一望即知、毫无新意的重复写作。作家金仁顺也表达了她对于"话语创新"的警惕和反思，她认为当今的网络话语是对纯洁汉语的破坏，这是有关总体堕落的问题。所以所谓的话语创新首先要规范个人修养，修养好了才有平台和基础谈其他对象。因此她更倾向于尊重语言历史，遵循汉语优雅的品性。陈晓明教授认为，中国经验具有原生性、异质性、世界性，因此对中国经验的表达既是"不可能性"的，又是有意义的。周志强教授进一步谈到文学表达方式与经验的关系，中国的经验是暧昧

的、无法言说的，同时经验一旦触摸到个人经验层面时，却无法利用现行的概念和框架框住，一旦变成经验叙事就成了对经验的伤害。中国社会科学院研究生院党委书记、副院长张政文教授，赞同文学创作的老底子就是伪生活经验问题的观点，认为这是我们目前面临的时代性问题，因此他主张文学和文学表达应当面向生活、回归生活，从生活当中来。

复旦大学哲学学院的张志林教授认为，文学是一种独特的认知方式，在探索存在、构造世界、推进理解方面具有独特性。并且他发现在中国文学领域有这样一种现象：不停地在训诫说教、功利需求和感官娱乐之间来回摇荡，而缺乏探索存在的认知激情。他认为探讨文学认知功能对中国文学具有启示作用。

苏州大学文学院的刘锋杰教授从超越文学政治化的角度思考文学正义问题，他认为"文学正义"主要包括生命正义、情感正义与个体正义。其中，文学正义首指生命正义，这是文学正义的本体原则（本真性）；文学正义再指情感正义，这是文学正义的直觉原则（感染性）；文学正义还指个体正义，这是文学正义的差异原则（多元性）。这三个特性与其他的社会正义进行交流和对话，共同组建成一个以社会正义为基础的、更为丰饶的"文学正义"领域，使"文学正义"具有自身的独特性，并形成作用于其他社会正义的独特方式和独特效果。

　　澳门大学中文系朱寿桐教授以现代汉语书面语系统中产生的翻译语体为对象，阐释了这一语体背后的文化心理，以及它对中国理论、汉语文学、文论话语创新的创造性影响。他认为翻译语体是现代汉语非常特殊的贡献。翻译语体产生的原因包括：一是近代以来中国人对于西方的文化资源，包括文学制度带着某种仰视，甚至崇敬的心态，使得我们能慎重地面对翻译的对象；二是我们在翻译西方著作时，正好是中国现代汉语从古代汉语里面取得话语支配权，并试图营造自己的书面语的阶段。所以文学家、翻译家在探索现代汉语的书面语，同时也在探索与西方书面语体更加吻合的翻译语体，翻译语体对于发展中国文论话语具有建设意义。

三、话语创新的理论资源与现实问题

　　中国文论话语体系的建设离不开话语创新，与会专家分别从不同的角度对其予以关注。陈思和教授认为，每个理论家都有个人的理论话语，因此并不存在能够涵盖所有问题的所谓"理论话语"。理论并不是万能的，不是普适的。中国的经验是没有先例的，不可借鉴的，因此理论也是如此。理论话语应该从实际生活中提取出来，而不是从

书本到书本之间传播。上海市社联《上海思想界》主编许明认为，需先慎重思考中国本土审美经验的理论化前景。当前我们拥有中国古代的本土审美经验，却没有表达中国画的传统审美话语和美学理论，当代人无法敏锐地感受到古人的审美感受，也无法准确地表达古人的审美经验。如何解决理论界无法理论化阐释本土审美经验的问题，仍是有待解决的问题，因此应对当前的文论现象进行价值引导。华东师范大学政治学系吴冠军教授另辟蹊径，试图通过引入欧陆思想家的批判性话语资源，重新梳理民主与人民概念的复杂性以及当代西方实践中的诸种结构性困局，在此基础上重塑中国经验的理论价值。而这些宏大的政治话题，对我们理解文学，尤其是文学中的政治经验有一定的意义。南京大学哲学系蓝江教授，从朗西埃的观点分析了中国的底层话语和历史叙事。蓝江教授认为，"工人阶级""优秀的革命者"是知识分子伪造的概念，替代了杂多的工人形象。知识分子对工人底层人物形象的塑造，也给我们提出了新的问题，即如何再现底层人物形象的问题，以及中国的底层话语怎么才能真实表现出来。

上海社会科学院文学研究所所长荣跃明认为，当前文学生产结构转型导致批评的意识形态主导权旁落，重建文学批评话语本质上就是重新夺回文学意识形态主导权。文学批评要在文学生产活动中发挥应有作用，要有使命担当，因此要在新的实践上重塑以人民为中心的价值导向的批评话语。

关于"文论话语创新"方面，复旦大学中文系栾梅健教授提醒我们，建构中国特色哲学社会科学研究体系，必须坚决反对崇洋媚外，坚持本土学术自信。他认为"海外汉学"对于拓展人们的学术视野具有积极的借鉴意义，但同时浓重的意识形态色彩和偏重社会学研究的学术方法，也限制了他们对于中国文学的深入认识和准确把握。因此增强文化自信，便成了当下一项重要的工作。而当国内学者敞开大门，借鉴、接受海外学者的文学研究成果与方法时，最需提防的是洋奴哲学与犬儒主义。

还有很多专家学者提出了各种实现中国文论话语创新的具体途径和方法。黄河科技学院鲁枢元教授反思了现代社会的学术形态，主张建立一种绿色学术及其话语形态。一些看似不规范的学术著作，既深潜于经验王国的核心，又徜徉于理性思维的疆域，全都成了生态文化研究领域公认的"学术经典"，即所谓的"绿色学术"经典。借鉴前人观点，他认为"绿色学术"的话语，是一种融汇叙事、讲故事方式的"研究话语"和"学术话语"，同时也是一种更贴近研究对象的话语形态。而其内涵与表现方式究竟如何还有待于深入探索。

中国社会科学院文学研究所高建平研究员主张从关键

词比较入手，推进当代中国文艺理论体系建构。第一，从当代文论的病症出发，学科间既不能画地为牢，在引进最新理论时又不要简单复述西方理论，把学术时尚当作学术前沿；第二，对于理论的生长途径，理论要面向现实，面向本土经验，面向生活，要找到中西之间各自的语境相互启发；第三，应融汇古今中西，寻找中西之间关键词相同相异的细微差别；第四，理论发展关键是创新，创新要面向当下和实际，要超越原本美学领域的研究对象，逐渐形成我们的话语体系建设。

深圳大学文学院中文系王晓华教授认为，汉语诗学曾处于"失语"状态，而"身体话语"则使当代汉语诗学获得了与西方诗学平等对话的可能性。在传统汉语诗学、实践美学、身体写作的强大合力下，不断要求人们承认身体的主体性。借此，当代理论可以从身体出发，建构出自洽的身体话语，演绎回归身体的完整路径，并且可以转化为相应的诗学表述，汉语文学理论将出现彻底的转型，甚至与西方话语并驾齐驱，成为克服自身失语状态的出路。

附录 2　The Negotiation between Greenblatt and Jameson: on Politics and Poetics in Contemporary China[1]

Introduction

Stephen Greenblatt is an American Shakespeare research expert and a new historicist who first names the "New Historicism" school, who has gradually entered the mainstream academic circles from the academic edge of interdisciplinary studies and became an influential theorist in many fields in China

1. Acknowledgements: This paper is funded by the Major projects of the National Social Science Fund, "Chinese issues in Western literary theory in the 20th century" (16ZDA194).

and the west. In many of Greenblatt's works[1], he narrates the cultural and political conditions of contemporary China, and describes an image of China in the 1960s and the early reform and opening up. This is a typical representative of China in the study of western literary theory.

In *The Greenblatt Reader*, Greenblatt records his experience of visiting China as visiting professor at Peking University in 1982 in the form of travelogue (travel notes). Later, in the Chinese version of the Shakespeare's research works, *Will in the World: How Shakespeare Became Shakespeare*, he once again referred to this experience and impression. These two sources are Greenblatt's narration on the political and economic problems of Chinese culture at the early stage of "Reform and Opening up". Moreover, in this article, "Towards a Poetics of Culture", when arguing against Jameson's point of view, Greenblatt uses the contemporary Chinese cultural and political ecology as an example to illustrate the relationships between politics and

---

1. Greenblatt's theoretical writings mainly include *Sir Walter Raleigh: The Renaissance Man and Its Roles*、*Renaissance Self-Fashioning: From More to Shakespeare*、*Representing the English Renaissance*、*Shakespearean Negotiation*、*Hamlet in Purgatory*、*Learning to Curse*、*Marvelous Possessions*、*The Greenblatt Reader*、*The Swerve: How the World Became Modern*、*Will in the World: How Shakespeare Became Shakespeare* and so on.

poetics, and to demonstrate the pros and cons of two political and economic systems—capitalism and communism. According to the research methods of New Historicism, which focus on the contexts and are good at reflecting interpretational models, we could realize that the theoretical source and political position are the roots of the distinction between different historical viewpoints and between different evaluation criteria. Therefore, this article takes the discussions between Greenblatt and Jameson on the relationship between politics and poetics, and their interpretations of contemporary Chinese cultural politics as the object of study, decoding the western theorists' views on China's images and China's issues, and their theoretical position and ideological factors behind their discourse interpretive mechanisms and analytical strategies.

One: Differentiation or Unity between Politics and Poetics

In "Towards a Poetics of Culture", Greenblatt explored the complex and dialectical relationships between politics and poetics by considering the cultural status of contemporary China and the operating mechanism of capitalist culture in the United States as two contrastive examples, which is precisely the research category of theoretical criticism of cultural poetics. Although he named the New Historicism with theoretical terms, Greenblatt did not make a theoretical definition of its connotation but tried to situate it as a practice—a practice rather than a doctrine. He believes that "poetics of culture" is "a more cultural or anthropological criticism", and "a [A] literary criticism that has affinities to this practice must be conscious of its own status as interpretation and intent upon understanding literature as a part of the system of the signs that constitutes a given culture; its proper goal, however difficult to realize, is a poetics of culture."[1] That is to say, this study of cultural interpretation inevitably led to the metaphorical grasp of reality, and the literary criticism related to this should also aim at turning literature understood as a part of the symbolic system that constitutes a particular culture. He believes that their interpretive tasks must be to grasp consequences of this fact more sensitively by investigating both the social presence of the literary text and the social presence in the literary text,[2] and to explain the interaction between specific cultures and practices—these practices produce

---

1. Stephen Greenblatt, "Introduction," *Renaissance Self-Fashioning: From More to Shakespeare* (Chicago & London: The University of Chicago Press, 1980), p.5.
2. Stephen Greenblatt, "Introduction," *Renaissance Self-Fashioning: From More to Shakespeare* (Chicago & London: The University of Chicago Press, 1980), p.5.

texts and are also produced by literary texts. Therefore, he thinks that the mission of the interpreting issue of the New Historicists must be to conduct a two-way investigation of the social existence reflected in literary texts and the social impact of social existence on literature in the world. In brief, the dialectical relationship between politics and poetics is the focus of his study of "cultural poetics".

Therefore Greenblatt started the "negotiation" with Jameson and Lyotard, and shaped the "self" by discovering/inventing "alien"[1] in order to explain the viewpoints and construct the theoretical system. Ironically, this somewhat unilateral rebuttal also reflected the "self-fashioning" theory and psychological mechanism.

Greenblatt mainly refutes the Fredric Jameson's assertion on the issue of the relationships between politics and poetics in *The Political Unconscious*. Jameson believes that the functional distinction between cultural texts that are social and political and those that are aesthetic becomes something worse than an error, and became a symptom of the reification and privatization of contemporary life. In other words, the functional distinction

---

1. Self-fashioning is achieved in relation to something perceived as alien, strange, or hostile. The alien is similar to the other, and it must be discovered or invented in order to be attacked and destroyed. See Stephen Greenblatt, "Introduction", *Renaissance Self-Fashioning: From More to Shakespeare* (Chicago & London: The University of Chicago Press, 1980), pp.1—10.

reconfirms the structural, experiential and conceptual gap between the public and the private, the social and the psychological, the political and the poetic, society and the individuals, history and now, so that the functional distinction—the tendential law of social life under capitalism—alienates us from our speech itself, weakening our existence as individual subjects and paralyzing our thinking about the time and change.[1]

It seemed highly problematic for Greenblatt, so he retorts in response that the non-social and non-political cultural texts are, in a sense, the aesthetic domain separated from the logical discursive mechanisms that working in other aspects of one culture. However, for Jameson, the functional distinction between cultural texts that are social and political and those that are not becomes the malignant symptoms of privatization.[2] He questioned that how the term "private" became a form of economic organization, and how did it enter to the question of functional distinction between politics and poetics directly by Jameson? Greenblatt pointed out that Jameson regarded the economic issue

---

1. Quoted in Stephen Greenblatt; Michael Payne Ed., "Towards a Poetics of Culture," *The Greenblatt Reader* (Blackwell Publishing Ltd., 2005), p.19.

2. Stephen Greenblatt; Michael Payne Ed., "Towards a Poetics of Culture," *The Greenblatt Reader* (Blackwell Publishing Ltd., 2005), p.20.

as the result of the relationship between politics and poetics, which is somewhat absurd logically or ignores the premise of explaining the rationality of this logical relationship.

Of course, instead of merely pointing out logical mistakes, Greenblatt continued to reflect Jameson's interpretation from the economic perspective, pointing out that private ownership does not necessarily lead to privatization. For example, fiction, poetry and film and television industry can lead to the emergence of art public domain. In other words, privatization can lead to the extreme socialization of all discourses, creating an unprecedentedly large audience and forming a commercial system. In addition, Greenblatt praised the role of this private ownership which is "unimaginable and certainly unattainable for the dwarfed efforts to organize public discourse by the pre‑capitalist society". In other words, he believes that the functional distinction between politics and culture can turn the private into the public in the economic field, which is an expression of the superiority of capitalism.

For the sake of further debate, he started from the point of view of Jameson—assuming that "there is no distinction between politics and poetics"—to deduce the possible result. He took the special status of the unity of politics and poetics in the 1960s of China as a historical case to disprove Jameson's viewpoints and concluded that in the age of the China's Cultural Revolution, where there was no distinction between politics and poetics and there was also a situation similar to what Jameson blamed capitalism—self would be alienated from his own speech, the existence of individual subjects would become less valuable and meaningful and the feelings of time and changes become indifferent.

To show that Greenblatt does not simply oppose contemporary China, it is necessary to continue to cite the other hypothetical example: if the United States is governed by a film actor (representing the unity of the artist and the politician) who is set to ignore the difference between imagination and reality, Americans still do not feel free. In other words, Greenblatt believes firmly that the unity of politics and poetics will not bring freedom neither to capitalist societies nor to socialist societies.

Greenblatt also pointed out that Jameson has ignored the distinction between social and political discourse and artistic discourse for a long time, and insisted that the perpetrator or agent of the alleged maiming is capitalism; a shadowy opposition is assumed between the bad "individual" and the good "individual subject", and the maiming of the latter creates the former. In other words, it is the differentiation between public ownership and private ownership characterized by the differentiation of political and poetic in capitalism society, that makes the "individual subject" becoming the "individual". Jameson believes firmly that the subjectivity of mankind and the unity of politics and poetics will all exist in a classless future society. Here, we can obviously see that the Marxist position and Utopianism are represented by Jameson, while Greenblatt sought out more rationality from the capitalist society.

It is worth reminding that Jameson's utopian illusion is related to the spiritual dilemma in Western Marxism. In the advanced industrialized countries of the west, due to the lack of the utopian spirit, Marxism has gradually become a social reformism ideology that had adapted itself to the capitalist welfare state. The "communist utopia" is precisely the spiritual force that resisted this process of deconstruction of Marxism.[1] Because the utopian visions of the future could serve as the critiques of existing social orders and offer alternatives to it, which not only make people aware of the imperfection of the present, but also urge people to change the status quo according to the utopian ideal.[2]

---

1. Maurice Meisner, *Marxism, Maoism and Utopianism: Eight Essays* (Madison: The University of Wisconsin Press, 1982), p.27.
2. Maurice Meisner, *Marxism, Maoism and Utopianism: Eight Essays* (Madison: The University of Wisconsin Press, 1982), p.21.

Here, it reminds me of Mannheim's warning that "if we give up utopia, mankind will lose the desire to shape history." Moreover, Jameson clearly realized that if the dreary reality of excessively exploiting surplus value, substantial capitalizing and resisting it in the form of class struggle, all exert on the new subject of history on an expanded world scale, the "traditional" Marxism will become necessary again.[1]

It seems that Greenblatt did not realize the reasonableness of the "communist utopia" and still ridiculed the meaning of the original sin of mankind and the doomsday story that ran through the *Political Unconscious.* He accused Jameson of putting the philosophical propositions into the future and resorting to the experiential world that did not exist, causing his philosophical problems to eventually be exiled and resolved by the political utopia. Paradoxically, literature is not only a sign of degeneration and alienation, but also a hope that does not exist, exerting a unique force in the political utopia. The philosophical claim appeals to an absent empirical event, and literature is invoked at once as the dark token of fallen and the shimmering emblem

---

1. Fredric Jameson, "Periodizing the 60s," *The Ideology of Theory: Essay 1971—1986, Vol.2* (London · New York: Verso, 2008), p.516.

of the absent transfiguration.[1] The uniqueness of literature resurfaced again, that is a paradox that Jameson did not realize. In sum, Greenblatt still deconstructed the biblical and utopian ending, and got rid of the fate of political imagination in the communist utopia. It can be said that Greenblatt's criticism of deconstruction is very accurate and in place, however, he standing on the capitalist standpoint, did not fully consider the problems of capitalist society and its future development.

If we summarize the key words in the views of Jameson and Greenblatt, the following binary opposition can be obtained: the unity or division of politics and poetics, the union or division between public ownership and private ownership, integrity or uniqueness, the cultural politics of contemporary China or contemporary America, and the communism or capitalism they represent separately. Why did these two people have such a contradictory viewpoint on the relationship between literature and politics? The most important reason is the difference between the postmodernism theory and the western Marxism theory.

In fact, the question of the relationship between politics and poetics is also one of the key issues in Jameson's Marxist theory

---

1. Stephen Greenblatt; Michael Payne Ed., "Towards a Poetics of Culture," *The Greenblatt Reader* (Blackwell Publishing Ltd., 2005), p.20.

and interpretation practice. In addition to *Political Unconscious*, there is also a special discussion in the *Postmodernism, or, The Cultural Logic of Late Capitalism*, that he described China's 1960s as an important part of the world's 1960s of "the great liberation", in order to demonstrate the "national parable" point of view. Jameson believes that the texts of the third-world should be interpreted as national allegories, particularly when their forms develop from the predominantly western mechanism of representation (such as novels). Since one of the determinants of capitalist culture is the western realist culture and the modernist novels, it result in serious divisions between poetics and politics, public ownership and private ownership, private fields (such as sex and subconscious) and public world(such as the class, economy and secular politics Power). In other words, the differences between western literature and the third-world literature are those between freudianism and Marxism. Therefore, he believes that the political factors appear abrupt in western capitalist novels, which should be attributed to the division between the public and the private, between the political and the poetic. All the third-world texts should be treated as national allegories, which combine political factors with literature. Even those texts that appear to be about individuals and Libido always project a politics in the form of a national parable: those stories about the individual destiny also contain the allegories of affected popular culture and society in the third-world.[1]

On the same issue, the new historicists think politics and poetics are equally important, and literary texts and social texts are all important references for the study of historical poetics. The hypothetical premise of this view is that literature and politics is separate. In addition, we should also mention that in Greenblatt's theory, the "selves" are achieved in relation to some devilish alien and authorities which are discovered or invented outside the self, in the process of "self-fashioning". The "self" submits to an absolute power or authority, and the alien is perceived by the authority either as what is unformed or chaotic, or what is false or negative, resulting in that the alien constantly slides into the demonic and is conceived as distorted images of the authority.[2] Greenblatt putting Jameson and his point of view as alien and gradually deconstructing them, however taking New Historicism, poststructuralism and capitalism as their authority, he formed his own self-perspective and theoretical system.

---

1. Fredric Jameson, "Third-World Literature in the Era of Multinational Capitalism," *Social Text*, 1986 (fall), 15:69.
2. Stephen Greenblatt, "Introduction," *Renaissance Self-Fashioning: From More to Shakespeare* (Chicago & London: The University of Chicago Press, 1980), p.9.

However, Greenblatt's loopholes in the interpretive mechanism were revealed, when he deconstructed Jameson's theory and interpretation tactics. First of all, after pointing out the confusing logic of the opponents, he went on to refute it in accordance with this logic without realizing that he had already made the same mistake. Secondly, Greenblatt's deconstructionist criticism was convincing and intentional, but there were also some paradoxes. In addition to the rebuttal that they shaped "self" by discovering / inventing "the alien" or "the other", the new historicist tried to break the boundary between literary texts and social texts and break through the gap between reality and fiction, which is also a kind of work similar to the integration of politics and poetics. Is there indeed a difference in essence between the idea of cultural poetics and the opposition state of politics and poetics?

Two: The Hypocrisy or Superiority of Capitalist Culture

Greenblatt's debate is not over yet, placing Francois Lyotard on the opposite side of the refutation in order to further his discussion. Lyotard argues that capital sets a single language, the so-called monologue of Mikhail Bakhtin — "capital requires a single language and a single system, reminding us moment by moment."[1] However, at that time, Greenblatt found that both Jameson and Lyotard conclude that capitalism discards the field of discourse, or drew the same conclusion that the capitalist discourse is hypocritical from two diametrically opposing points of view, that capitalism split different discourses or combine different discourses. With regard to this conclusion, Lyotard's process of arguing with Auschwitz concentration camp will not be repeated here; however, Jameson's interpretation in the *Post-modernism, or, Cultural Logic of Late Capitalism* is more of a reference value, that he believes there is a huge difference between the late capitalist culture and that of the third-world. The American culture is divided by the division of the public and the private. On the contrary, Chinese contemporary literature combines literature with the political factors in the form of allegory.

In the *Postmodernism, or, Cultural Logic of Late Capitalism*, Jameson first affirmed the Chinese literature of the 1960s and its political functions. He believes that from an anthropological perspective, all The Third World Literatures can't be conceived as independent or autonomous. On the contrary, they show that the third-world culture is in the struggle with the first world cultural

---

1. Quoted in Stephen Greenblatt; Michael Payne Ed., "Towards a Poetics of Culture," *The Greenblatt Reader* (Blackwell Publishing Ltd., 2005), p.21.

imperialism, which reflects that the economic situation of these areas was impacted by the capital penetration of modernization, which sometimes can be euphemistically termed modern infiltration.[1] Therefore, the study of the third-world culture must include a reassessment of the capitalist culture from the outside, that is, "using China as a reference" to reflect on the shortcomings of the old culture in the capitalist system. Jameson also stressed in particular the structural differences between the motives of the third-world culture and that of the first-world culture. In the west, political commitment conventionally is recontained and psychologized or subjectivized, because of the public-private split.[2] In other words, psychology or Libido should be understood politically and socially in the cultural text of the third-world.

The contradictions between the two principles of the west, especially those between public and private, between politics and the individual, have already been denied in ancient China. In the first world, the Americans who think they are the masters of the world are in the same position as the slave owners. It

---

1. Fredric Jameson, "Third-World Literature in the Era of Multinational Capitalism," *Social Text*, 1986 (fall), 15:68.
2. Fredric Jameson, "Third-World Literature in the Era of Multinational Capitalism," *Social Text*, 1986 (fall), 15:71.

means that the capitalist culture includes the projections of psychologism and private subjectivity. Based on its own situation, the cultural and material conditions of the third-world have not been affected by the projection of psychological and individual subjectivity, which can precisely explain the allegory in the culture of the third-world. In other words, the telling of the individual story or individual experience ultimately involves the whole telling of the collective experience.[1] The fable spirit is profoundly discontinuous and intermittent, a matter of break and heterogeneity with a variety of interpretations rather than the homogeneous representation of symbols. The allegories can evoke a succession of meanings and messages of a different nature. The structure of the allegory is far from dramatizing the political, psychological or personal characteristics, but tends to fundamentally divide these fields in absolute terms. Jameson said: "We do not feel the power of allegorical unless we believe there is a deep difference between politics and Libido." The allegory in the western culture has reaffirmed rather than offsetting the separatism between the public and the private of the western civilization, and the parable reaffirmed the peculiar divisiveness

---

1. Fredric Jameson, "Third-World Literature in the Era of Multinational Capitalism," *Social Text*, 1986 (fall), 15:85—86.

of Western civilization. Therefore, it is very doubtful for him that the objective consequences of the social divide between the public and private in the first world could be diagnosed by intelligence, or be abolished by some theories. He argues that instead of saying that the allegory structure does not exist in the cultural texts of the first-world, it exists in the westerners' subconscious and must be interpreted in order to be deciphered and decoded. This interpretative mechanism includes a set of criticism of the social and historical situation. Contrary to the subconscious allegory of capitalist cultural texts, the national parable in the third-world was conscious and overtly open—suggesting that there was an objective link between politics and Libido's motivation.

Returning to this debate, as the opponents, Greenblatt argued that both Jameson and Lyotard reached the same conclusion with different arguments, because capitalism is just an evil philosophy principle for the Marxists. He said sarcastically that if they do not rely on the utopian imagination that resolves the historical contradictions into a moral need, they will not be able to satisfactorily answer the question of the relationship between the arts and society or between two different discursive practices.

Here, we need to notice that all these three theorists discussed art and social issues from a political and philosophical perspective, and Greenblatt also pointed out that the other two overlooked the economic aspects when they criticized the political system, and traced the contradictions of their views to the differences between Deconstruction theory and Marxist theory.

After pointing out the deficiencies and differences, Greenblatt turned to borrow the opponent's point of view for self-explanation. In his opinion, exploring the relationship between art and society in the capitalist culture, we must pay attention to the functional distinction that mentioned by Jameson and the unified impulse that described by Lyotard. As far as the characteristics of capitalism are concerned, capitalism has generated neither regimes in which all discourses seem to be coordinated, nor regimes in which they seem to be radically isolated or discontinuous, but regimes in which the drive towards differentiation and the drive towards monological organization operate simultaneously, or at least oscillate so rapidly as to create the impression of simultaneity.[1] He argues that there are two apparent contradictions in the relationship between art and other discourses in the capitalist culture, because of the functional distinction between aesthetic and authenticity — opposition and cancellation can occur

---

1. Stephen Greenblatt; Michael Payne Ed., "Towards a Poetics of Culture," *The Greenblatt Reader* (Blackwell Publishing Ltd., 2005), p.22.

simultaneously. This is precisely the characteristic of American capitalism at the end of the 20th century as well as the result of the long-term development of the different trends in the state of the relationship between art and capital. In a nutshell, putting the issue in capitalism for discussion, Greenblatt believes that there can be two manifestly contradictory statements about the relationship between the art and other utterances in the capitalist culture, as the functional distinction between aesthetic and authenticity can occur simultaneously in both opposition and cancellation.

According to Greenblatt, the elements of Monologue discourse are a serious of discontinuous and intermittent discourses on the one hand, and the monological unification of all discourses on the other, which may be adequately found articulated in other economic and social systems. However, only the discourse of capitalism can circulate between the two in a dizzying, seemingly inexhaustible way.[1] It is rather than a circulation fixed in a certain place but an unending cycle, which is the exclusive power of capitalism.

Greenblatt proposed that the relationship between art and society in the capitalist culture fluctuated and kept flowing

---

1. Stephen Greenblatt; Michael Payne Ed., "Towards a Poetics of Culture," *The Greenblatt Reader* (Blackwell Publishing Ltd., 2005), p.24.

between differentiation and reunification. We can find out his emphasis on the state of cultural movement and the positive understanding of the operating mechanism of capital. The political position of capitalism makes it easier for him to accept the operating mechanism of American cultural politic, therefore he considers the phenomenon that the functional distinction between culture and politics flows between cancellation and opposition is the uniqueness of American culture.

Here, the complexities of Greenblatt and the other New Historicists have been revealed. In *Literary Theory and New Historicism*, the author once warned that as new historicism is the rejuvenation and variation of the ideological trend of left-leaning literature and art, it inevitably carries the sign of the spiritual alienation of advanced capitalism. Theirs contradictions and limitations are revealed, because they are disorderly and loose and lack the overall goals and unified foundation. Therefore, it is best to regard it as a complicated phenomenon that can't be simply equated with the traditional leftist and classical Marxist literary theories.[1] As far as Greenblatt himself is concerned, the influence

---

1. See the editorial board of "World Literary Theory" of Institute of Foreign Literature, Chinese Academy of Social Sciences, *Literary Theory and New Historicism* (Beijing: Social Sciences Academic Press, 1993), p.72.

of capitalism has obviously surpassed that of Marxism.

As contemporary Chinese, we could distinctly find that Greenblatt's dialectic draws lessons from Hegelian dialectic. In addition, the functional distinction between politics and the arts is shaking at the poles of differentiation and unification, which is also the conclusion we can reach after the synchronic and diachronic studies on the Chinese culture state. In other words, no matter in what kind of political and economic system, there are two tendencies-differentiation and union—in the different functions of artistic and social text. The uniqueness of American culture interpreted by Greenblatt, comparing with world culture, is only a universal state. So, if we return to the China issue itself, is China's state of the 1960s similar to the interpretation of Jameson or Greenblatt?

Three: The Political Nature of Contemporary Chinese Culture

To return to Chinese history is to return to China's history writing. As Jameson said, history is not textual because history is fundamentally nonnarrative and non-recurring; however, with one additional sentence, history can't be attained unless it is in the form of texts. Or in other words, only through the form of text can history be approached.[1] The Chinese history we have come into contact with is mainly the historical texts of Marxist historical materialism and dialectical materialism, which refers to historical determinism, grand narratives, and so on. The other unorthodox historical writings or historical narratives often encounter some problems that are banned or not recognized, because the evaluation criterion of academic mainstream is still whether "real" or not. However, new historicists propose that historical writing is also a kind of literary fictitiousness. Because history and literature share the same metaphorical discourse, we should also keep reflecting on a history and try to avoid its subjectivity, fiction, unity and exclusivity.[2]

　　So, whether China's political and cultural status in the

---

1. Quoted in Sheng Ning, "New Historicist Cultural Criticism and Literary Criticism," *Twentieth Century American Literary Theory* (Beijing: Peking University Press, 1994), p.270.

2. Some Japanese scholars pointed out that there is a lot of subjectivity and fictitiousness in Chinese historical texts. So, what are the specific ideological factors behind the mainstream Chinese historical texts and historical elucidations on the issue of shaping China's image? How does China's Historians treat reality and fiction? In the postmodernist social culture, how will China's history discipline cope with its challenges? Up to now, these problems can't be solved and explained clearly. However, I hope that historical major can abandon their stereotypes like literature and dare to accept various new theoretical concepts and research methods.

1960s was what Greenblatt said "there is no difference between politics and poetics", or what Jameson said that the functional distinction between political text and literary text is canceled in a classless society envisioned? These views are actually different interpretation on different theories, and the most important distinction between them is the difference of the political stand and ideology. The highest political philosophy of Marxism is to realize the communist utopia, to abolish classes and eliminate polarization and ultimately achieve common prosperity. Probably starting from the critique of the malpractices of capitalism or the illusion of Marxism utopia, Jameson wanted to abolish the distinctions between politics and poetics, block various causes of divisions between public and private, and realize human's subjectivity and social unity. It can also be said that his theoretical point of view results from a political idea (or imagination), eventually returning to this political idea (or imagination)—the interpretive process is self-looping.

The cultural texts of contemporary China do have political features, for example, the red classic novels, model operas, revolutionary poems, square performance, street posters, revolutionary slogans and revolutionary songs, after the founding of the People's Republic of China. All of these texts of culture have the characteristic of incorporating the revolutionary language into the poetic language and infiltrating the political symbols into the public political life and daily personal life. By the 1960s, literature and art indeed had become the objects requisitioned by revolutionary politics and become the media for propaganda and agitation. Some Political factors even directly interfered with the fields of art and daily life. The poetics texts and social texts gradually tended to unify and have reached extremes to some extent.

According to the specific context of contemporary Chinese history, there is a certain degree of rationality in Jameson's viewpoints on the "national parable" and "political intellectuals" of the third-world. Taking the historical period of China in the 1960s as an example, Jameson examined the characteristics of the era of great liberation: if we analyze it with the theory of New Left that is closer to post—Lukácsean or Marcusean, China's 1960s means the emergence of the new "subjects of history" of a classless type, which includes blacks, students and the third-world peoples; in the perspective of Deconstruction, it means that the colonized people have acquired the right to speak in a collective voice, that has never been heard on the world stage of past history. At the same time, the classless people dismiss those former intermediaries, liberals and first-world intellectuals, who claimed to talk in their names. Accompanying it is the more appropriate political rhetoric put forward by those who are self-determined and independent, and the more psychological and cultural rhetorical of the new collective "identities".[1] Jameson also believes that the intellectuals in the third-world will always be political intellectuals, being both cultural intellectuals and political fighters, who write poems and participate in the practice at the same time.[2]

Once we return to the historical interpretation of contemporary China, we will find that, due to the different evaluation and interpretation mechanisms, the evaluation of the uniqueness of the art and poetics of the 1960s texts varies, which is the complicity relationship between criticism and text that the new historicists claim.

In these generalized cultural texts, no matter how powerfully the political and social factors exceed the poetic composition, the aesthetic aspect of these texts can't be denied. Since the practice of "rewriting literary history" advocated in the 1980s, the poetic, folk, ambiguous and fictitious factors that can't be eliminated

---

1. Fredric Jameson, "Periodizing the 60s," *The Ideology of Theory: Essay 1971—1986, Vol.2* (London · New York: Verso, 2008), p.486.
2. Fredric Jameson, "Third-World Literature in the Era of Multinational Capitalism," *Social Text*, 1986 (Fall), 15:74.

in contemporary cultural texts have been gradually uncovered. These poetic factors help to eliminate the influence of ideology and restore the unique significance of poetic texts. Of course, those social and political texts belong to a broader area of culture rather than the realm of pure literature and art. Whether it has the literary characteristics or not is still the standard for judging literature and non-literature. The same is true in the art field. Here, the dialectical relationship between politics and poetics emerges: Literature and art have an inherent subversive effect on the existing structure of power. However, on the one hand they maintain their relative independence from the dominant ideology, and on the other hand they must rely on its authority to form the power of "the other".

Thus, it can be seen that the cooperation between politics and poetics did exist in Chinese literature of the 1960s. However, the dismissal of the functional distinction between the social text and the poetic text by Jameson, and the judgment of Greenblatt on "there is no difference between politics and poetics" are not entirely in keeping with the state of cultural politics in contemporary China. Jameson's interpretation can be summarized as a purely philosophical utopian illusion standing on an overly pure standpoint, whereas Greenblatt seems too eager for absolute dualism and ignores its complexity.

Conclusion

Finally, as an interpreter and Chinese people, I naturally can't avoid some preconception and prejudice. When interpreting cultural texts, we should consider not only the creation context, the receptive context and the criticism context, but also realize that recourse to the context is deceptive, that no one can obtain the real context, even worse the relationship between context and the text of the study creates a difficult question to answer in the explanation. Therefore, it is also necessary to be alert to various interpretations modes, to reflect and self-reflect in the practice of criticism, to theoretically explore assumptions and arguments, and to show the standpoint of one's discourse.[1] This kind of criticism and research method that has the tendency of political criticism and discourse power analysis is "cultural poetics" or "cultural politics", which is also where humanities should learn from New Historicism.

In short, it is not the purpose of this study to criticize their political stand. We hope that by analyzing the "China" in

---

1. Zhang Jing-yuan Ed., *New Historicism and Literary Criticism* (Beijing: Peking University Press, 1993), pp.6—7.

the works of western theory, we can analyze the interpretation mechanism of the west in shaping the image of China and appraising the Chinese issue, reveal theoretical stand and ideological intent behind the narrative discourse and tactics, eliminate the obscurations, look for the truth and reflect on the solutions to China's problems, on the basis of reflection and reference.

参考文献

一、著作

（一）外文著作

Fredric Jameson, *Postmodernism, or, the Cultural Logic of Late Capitalism*, Durham: Duke University Press, 1991.

H. Aram Veeser, *The New Historicism*, London: Routledge, 1989.

Hayden White, *Figural Realism: Studies in the Mimesis Effect*, Baltimore: Johns Hopkins University Press, 2000.

Hayden White. *Metahistory: The Historical Imagination in Nineteenth-Century Europe*, Baltimore: The Johns Hopkins University Press, 1973.

Hayden White. *The Content of the Form: Narrative Discourse and Historical Representation*, Baltimore: The Johns Hopkins

University Press, 1987.

Hayden White. *Tropics of Discourse: Essays in Cultural Criticism*, Baltimore: The Johns Hopkins University Press, 1986.

Maurice Meisner. *Marxism, Maoism and Utopianism: Eight Essays*, Madison: The University of Wisconsin Press, 1982.

Richard Lehan. *Literary Modernism and Beyond: The Extended Vision and the Realms of the Text*, Baton Rouge: Louisiana State University Press, 2009.

Stephen Greenblatt, *Learning to Curse: Essays in Early Modern Culture*, London and New York: Routledge, 2007.

Stephen Greenblatt. *Renaissance Self-Fashioning: From More to Shakespeare*, Chicago: University of Chicago Press, 1980.

Stephen Greenblatt, *The Greenblatt Reader*, Michael Payne ed., Malden, MA: Blackwell Publishing, 2005.

（二）中文著作

［德］黑格尔著，《历史哲学》，王造时译，上海：上海书店出版社 2001 年版。

［法］米歇尔·福柯著，《规训与惩罚》，刘北成、杨远婴译，北京：生活·读书·新知三联书店 2016 年版。

［法］雅克·拉康著，《拉康选集》，褚孝泉译，上海：上海三联书店 2001 年版。

〔美〕阿里夫·德里克著，《跨国资本时代的后殖民批评》，王宁等译，北京：北京大学出版社 2004 年版。

〔美〕弗雷德里克·詹明信著，《晚期资本主义的文化逻辑》，张旭东编，陈清侨等译，北京：生活·读书·新知三联书店 1997 年版。

〔美〕弗雷德里克·詹姆逊著，《政治无意识》，王逢振、陈永国译，北京：中国社会科学出版社 1999 年版。

〔美〕海登·怀特著，《后现代历史叙事学》，陈永国、张万娟译，北京：中国社会科学出版社 2003 年版。

〔美〕海登·怀特著，《话语的转义：文化批评文集》，董立河译，郑州：大象出版社 2011 年版。

〔美〕海登·怀特著，《元史学：十九世纪欧洲的历史想象》，陈新译，南京：译林出版社 2004 年版。

〔美〕刘康著，《马克思主义与美学》，李辉、杨建刚译，北京：北京大学出版社 2012 年版。

〔美〕莫里斯·迈斯纳著，《马克思主义、毛泽东主义与乌托邦主义》，张宁、陈铭康等译，北京：中国人民大学出版社 2013 年版。

〔美〕斯蒂芬·格林布拉特著，《俗世威尔：莎士比亚新传》，辜正坤、邵雪萍、刘昊译，北京：北京大学出版社 2007 年版。

陈忠实著，《寻找自己的句子——〈白鹿原〉创作手记》，上海：上海文艺出版社 2009 年版。

丁帆等著，《中国乡土小说的世纪转型研究》，北京：人民文学出版社 2013 年版。

梁鸿著，《黄花苔与皂角树：中原五作家论》，北京：北京大学出版社 2013 年版。

彭刚著，《叙事的转向：当代西方史学理论的考察》，北京：北京大学出版社 2017 年版。

盛宁著，《二十世纪美国文论》，北京：北京大学出版社 1994 年版。

王岳川著，《后殖民主义与新历史主义文论》，济南：山东教育出版社 1999 年版。

张进著，《新历史主义文艺思潮通论》，广州：暨南大学出版社 2013 年版。

张京媛主编，《新历史主义与文学批评》，北京：北京大学出版社 1993 年版。

张清华著，《中国当代文学中的历史叙事：海德堡讲稿》，北京：北京大学出版社 2012 年版。

二、论文

陈思和，《民间的浮沉》，《上海文学》1994 年第 1 期。

葛红兵，《骨子里的先锋和不必要的先锋包装》，《当代作家评论》2001 年第 3 期。

王光东,《民间与启蒙——关于九十年代民间争鸣问题的思考》,《当代作家评论》2000 年第 5 期。

王一川,《生死游戏仪式的复原》,《当代作家评论》2001 年第 6 期。

王岳川,《新历史主义的文化诗学》,《北京大学学报（哲学社会科学版）》1997 年第 3 期。

姚晓雷,《民间理念：逃避启蒙还是延伸启蒙》,《当代作家评论》2002 年第 3 期。

阎连科、姚晓雷,《"写作是因为对生活的厌恶与恐惧"》,《当代作家评论》2004 年第 2 期。

曾军,《西方左翼思潮中的毛泽东美学》,《文学评论》2018 年第 1 期。

曾军,《"西方文论中的中国问题"的多维透视》,《文艺争鸣》2019 年第 6 期。

张学昕,《当代小说创作的寓言诗性特征》,《文艺研究》2002 年第 5 期。

周宁、宋炳辉,《西方的中国形象研究——关于形象学学科领域与研究范型的对话》,《中国比较文学》2005 年第 2 期。

后　记

本书的研究始于 2016 年。是年，我师从上海大学文学院曾军教授，开始跟随国内文艺学界、文学理论届、美学界的诸多学者参与国家社科基金重大项目"20 世纪西方文论中的中国"的研究工作。本书的选题"新历史主义文论中的'中国'"既是源于该重大项目的一部分，又成为我进行学术训练的重要方向。

我曾真挚地对曾老师说"遇见您是我这一生最好的运气"，直至现在，我仍深以为然。而从 2016 年到 2019 年，再到 2023 年，这一选题也陪伴我走过沪上三年，又度过威海四年，为我的学术研究和教学工作提供了扎实的基础。

在 2023 年，本书获得山东大学文化传播学院出版资助，得以付梓。在此，本人感谢文化传播学院以及学院领导、同事们的支持。

李缙英

2023 年 8 月

图书在版编目(CIP)数据

新历史主义文论中的"中国"/李缙英著. —上海：
上海人民出版社,2023
ISBN 978-7-208-18490-9

Ⅰ.①新… Ⅱ.①李… Ⅲ.①历史主义-文学理论-
研究 ②中国文学-当代文学-文学研究 Ⅳ.①I0
②I206.7

中国国家版本馆 CIP 数据核字(2023)第 165167 号

责任编辑 陈佳妮
封面设计 夏 芳

新历史主义文论中的"中国"
李缙英 著

出 版 上海人&出版社
　　　　 (201101 上海市闵行区号景路 159 弄 C 座)
发 行 上海人民出版社发行中心
印 刷 上海商务联西印刷有限公司
开 本 890×1240 1/16
印 张 8.75
插 页 4
字 数 152,000
版 次 2023 年 8 月第 1 版
印 次 2023 年 8 月第 1 次印刷
ISBN 978-7-208-18490-9/I·2106
定 价 48.00 元